KB058885

아카네의 서투른 연심—

호조 사이토
Saito Hojo

벽가에 몰아붙이고 더는 도망가지 못하도록
아카네는 벽에 손을 쿵 내리쳤다.

"조, 조금은…… 같이 시간……
보내고 싶어. 뭔가, 같이……."

사쿠라모리 │ 아카네
Akane Sakuramori

두근두근 수영복 공개

아카네는 머뭇머뭇 카디건을 벗었다.

그녀의 체온이 남은 카디건이 사이토의 손에 넘어갔다.

"저, 저기…… 어때……?

새로, 사봤는데……"

CONTENTS

Class no
Daikirai na Joshi to
Kekko
surukotoninat

반에서 가장 싫어하는 여자애와
결혼하게 되었다.
6

아마노 세이주 지음 / 나루미 나나미 일러스트
모스콘부 캐릭터 원안·만화 / 이소정 옮김

소미미디어

커버 그림, 본문 일러스트 | **나루미 나나미**
만화 | **모스콘부**

어릴 적 아카네는 혼자 집을 지키는 경우가 많았다.

학교에서 돌아오면 란도셀에서 열쇠를 꺼내 집 문을 연다.

"다녀왔습니다."

형식적인 귀가 인사를 해도 대답은 거의 돌아오지 않는다. 그런데도 매일 인사하게 되는 건 어째서일까.

썰렁한 집 안에서 아카네는 고개를 숙인 채 계단을 올라가 자신의 방에 란도셀을 내려 두었다.

입퇴원을 반복하고 있는 마호의 침대에 잠든 흔적은 없다. 깔끔하게 정돈된 시트 위에 고양이 인형만이 놓여 있다.

——마호, 빨리 나았으면 좋겠다…….

아카네는 숙제를 끝내고 내일 예습도 마친 뒤 집안일을 시작했다.

청소기 돌리기, 빨래, 설거지, 욕실 청소. 바쁜 부모님 대신 해야 할 일은 산더미처럼 쌓여 있다.

부모님은 늘 그렇게 열심히 하지 않아도 된다고 말씀하시지만, 열심히 일하시는 것은 부모님 쪽이었다. 아카네도 가능한 한 가족에게 도움이 되고 싶었다.

카레를 만들고 샐러드용 채소를 자르고 있는데 거실에서 전화가 울렸다.

——엄마인가? 마호의 퇴원이 결정된 걸까?

아카네는 기대에 부풀어 수화기를 들었다.

"네, 여보세요? 아카네입니다."

『아카네? 미안해.』

미안해하는 어머니의 목소리에 기대감은 단숨에 사그라 들었다.

"무슨 일이야?"

물어보면서도 어머니의 다음 말은 거의 예상이 갔다.

『오늘도 야근이 있어서 귀가가 늦어질 것 같아.』

"아빠는?"

『둘 다 야근이야. 마호 병원에도 들릴 거니까 저녁은 먼저 먹어두렴.』

"……."

냄비 가득 담긴 카레를 아카네는 멍하니 바라보았다. 혼자 다 먹을 수 있는 양은 아니었다.

부모님과 보낼 수 있는 시간은 거의 없으니 맛있는 밥으로 조금이라노 부모님의 웃는 얼굴을 보고 싶다고 생각했는데, 헛수고가 되어 버렸다.

『……아카네? 괜찮니?』

걱정이 담긴 어머니의 목소리에 아카네는 정신이 번쩍 들었다.

그래. 이미 지쳐계신 엄마에게 걱정을 끼쳐서는 안 된다.

태어났을 때부터 마호는 쭉 중병과 싸우고 있다. 마호의 의료비를 벌기 위해 부모님은 땀 흘려 열심히 일하고 계신다.

그런 가족들의 노고에 비하면 자신의 마음은 대수롭지 않다. 이 가슴을 저미는 듯한 외로움을 전해 어머니를 난처하게 할 수는 없었다.

그건 단순한 내 고집이다.

"……난 괜찮아."

아카네는 미소를 지으며 수화기를 꽉 움켜쥐었다.

아카네는 자택 현관 앞에서 웅크리고 있었다.

지금까지 사이토를 정말 싫어하는 남자라고 생각했었기에 동거하고 있어도 그럭저럭 평정심을 유지할 수 있었다.

하지만 실은 좋아하고 있었다는 것을 깨달으니 부끄러웠다. 모든 것이 부끄러웠다.

어떤 얼굴을 하고 사이토를 봐야 할지 모르겠다. 수상한 모습처럼 보일 것 같아 무서웠다. 아니, 이미 그런 모습을 보인 것 같기도 하다.

줄곧 연애와는 인연이 없던 아카네에게 좋아하는 남자와 결혼해 함께 살고 있다는 상황은 자극이 너무 강했다.

──진정하자……. 평소대로 하면 괜찮아. 사이토는 채소…… 그냥 채소야. 그 녀석은 인간이 아냐. 그러니까 긴장할 필요 없어.

나소 무례할 수도 있는 말로 자신을 타이른 아카네가 현관문을 열었다.

"어서 와."

반나체의 사이토가 복도에서 단백질을 마시고 있었다. 허리에는 목욕 수건을 두르고 갓 온천을 마치고 나온 사람처럼 어깨에서 김이 모락모락 나고 있었다.

"대체 뭘 하는 거야?!"

아카네는 즉시 책가방으로 시야를 가렸다.

"프로틴을 마시고 있어."

"그건 보면 알아! 왜 벗고 있냐고 물었어!"

"대자연과 하나 되고 싶어서……?"

"여기는 대자연이 아니야! 집이라고!"

사이토는 한숨을 쉬었다.

"우리 집이니까 상관없잖아. 딱히 누가 보는 것도 아니고."

"내가 보잖아!"

"상반신은 수영 수업 때도 보잖아."

"그건 그렇지만……."

의식하기 전과 의식한 후는 의미가 전혀 달랐다. 심지어 단둘이 있는 집에서 벌거벗은 사이토가 어슬렁거린다면 마음이 평온할 날이 없을 것이다.

──역시 꽤 근육질 체형이네…….

가방 끝 너머로 사이토의 모습을 들여다본 아카네는 공주님 안기로 병원에 옮겨졌을 때의 일을 떠올렸다. 평소에는 독서밖에 하지 않는데, 이것이 남녀의 차이인 걸까.

"……보고 싶어?"

사이토가 의아한 얼굴로 묻자 아카네가 황급히 책가방으로 얼굴을 가렸다.

온몸이 타오르는 듯한 기분을 느끼며 분노를 담아 소리쳤다.

"보기 싫어! 얼른 옷 입어! 안 그러면 가죽을 벗길 거야!"

"입을게!"

사이토가 겁에 질린 새끼 토끼처럼 계단을 뛰어 올라갔다.

남겨진 아카네는 바닥에 쭈그려 앉아 몸을 떨었다.

──또…… 저질렀다…….

위협하고 싶었던 게 아닌데 그만 시비조가 되고 말았다. 호의를 자각하고 나니 오히려 앙숙이었을 때보다 더 말에 가시가 돋는 이유는 뭘까.

이대로라면 사랑의 라이벌인 히마리를 이기는 건 불가능한 이야기였다. 사이토의 안에서 아카네는 킬러나 공포의 대마왕 정도로 받아들여지고 있을 것이다.

아카네는 어깨를 축 늘어뜨린 채 2층으로 올라가 자신의 공부방에 책가방을 놓았다.

손을 씻고 양치질을 끝내기 위해 계단을 내려가자 사이토가 세탁실에 있는 것이 눈에 들어왔다.

대형 세탁기, 빨래 건조대, 옷장까지 완비된 호화로운 세탁실. 사이토가 세탁기에 든 옷을 바구니에 꺼내고 있었다.

"잠ㅅ깐만! 뭐 하는 거야?"

"빨래 말리려고…… 꽤 쌓여 있길래."

"내 속옷을 만지려는 거야?!"

"항상 빨래는 교대로 하잖아."

"그런 문제가 아니야! 이 변태!"

"변태라니!"

티격태격하는 사이에도 사이토는 차례차례 빨래를 바구니로 옮겨나갔다. 내버려 두면 아카네의 브라가 그의 손에 잡히는 것은 시간문제였다.

아카네는 사이토에게서 바구니를 빼앗았다.

"변태 맞아! 어차피 빨래한다는 핑계로 내 속옷을 마구 만지고 머리에 뒤집어쓰고 머머머먹을 거잖아?!"

"난 천을 소화할 수 있는 효소 따위 없어!"

"거짓말! 넌 지나가는 여자애 옷을 전부 녹여서 먹어버리는 짐승이야!"

"그건 짐승이 아니라 요괴겠지!"

"넌 빨래 같은 거 안 해도 되니까! 다 내가 할게!"

"딱히 세탁을 엄청 하고 싶은 건 아니니까 상관은 없지만……."

사이토는 영문을 모르겠다는 얼굴로 세탁실을 빠져나갔다.

아카네는 안도의 숨을 내쉬었다.

빨래가 담긴 바구니를 바닥에 두고 내용물을 종류별로 나누기 시작한 후에야 알아차렸다.

——이러면 내가 사이토 속옷을 널어야 하잖아?!

사이토에게 속옷을 보이는 게 너무 부끄러운 나머지 기세 좋게 교대하긴 했지만, 잘 생각해보니 그랬다. 무리하게 떠맡은 이상 사이토의 속옷만 못 본 척할 수도 없었다.

——그동안 우리 서로의 속옷을 만졌던 거야?! 둘 다 변태잖아~!

아카네는 갓 씻은 수건에 얼굴을 파묻고 수치심에 사로잡혔다. 의식하지 못한 사이에 말도 안 되는 짓을 하고 있었던 것이다.

——하, 하지만…… 할 수밖에 없지. 같이 살고 있으니까……. 따로 씻는 것도 힘들고…….

아카네는 마음을 굳게 먹고 바구니 속에서 사이토의 팬티를 꺼냈다.

파렴치한 짓을 하는 것이 아니라 집안일을 하는 것이라고 자신을 타일렀지만 그래도 부끄러움은 사라지지 않았다.

아카네는 위험물을 다루는 듯한 손길로 팬티를 잡고 원형 건조대에 널어 나갔다. 사이토의 양말과 바지, 셔츠도 꼼꼼히 널었다.

——그러고 보니 같이 세탁하고 있다는 건 세탁기 안에서 사이토의 땀과 내 땀이 섞인다는 거잖아?! 그게 묻은 옷을 둘 다 입고 있는 거야?! 완전 변태야!

아카네는 눈치채고 말았다.

땀 대부분은 세탁 과정에서 씻기겠지만 완벽하지는 않다. 분명 두 사람의 옷에는 서로의 유전자가 남아 있을 것이다. 생각할수록 너무 망측했다.

빨래뿐만 아니라 밥그릇도 굳이 나눠 쓰지 않기 때문에

두 사람의 타액이 남아 있는 것이 아닐까. 그것은 미립자 수준의 간접 키스라고 할 수 있지 않을까.

폭주하는 사고에 아카네가 어쩔 줄 몰라 하고 있는데 사이토가 세탁실에 얼굴을 내밀었다.

"욕실에 뜨거운 물 남겨뒀으니까 들어가도 돼."

"네가 들어간 욕조에 들어가라는 거야?!"

아카네가 사이토의 셔츠를 끌어안은 채 벽에 달라붙을 기세로 물러섰다.

"늘 들어가잖아."

"그건 성희롱이야!"

"어째서! 가족은 다 같은 욕조에 들어가잖아!"

"네가 알몸으로 들어간 욕조에 내가 알몸으로 들어가면 두 사람이 알몸으로 서로 껴안는 거나 마찬가지잖아!"

"그건 아니지!"

귀를 붉히는 사이토.

"그게 맞아! 야한 짓을 하는 거랑 똑같아!"

"전혀 달라! 그럼 온천은 어떻게 되는 건데!"

"다, 다 같이 야한 짓 하는 거나 다름없……."

"그래, 알았어, 좀 소름 끼치니까 그 이상은 그만하자."

사이토가 스톱을 외쳤다.

"그렇게 싫으면 따뜻한 물 내보내고 다시 씻어둘게."

축 처진 채 떠나려는 사이토를 보자 아카네의 양심이 아팠다.

"아, 아니야…… 딱히 싫다는 게 아니라 사실은 기쁘…….."

나는 대체 무슨 말을 하려는 거야! 하고 아카네가 벽에 머리를 쾅 내리쳤다.

"아카네?! 대체 왜 그래?!"

진심으로 걱정하는 사이토.

"아무것도 아니야……. 벽과 싸우고 싶은 기분이 들었을 뿐…….."

"인간의 두개골은 벽을 이길 수 없을 것 같은데."

"아니, 내가 이겨."

아카네는 미소 지었다.

"이마에서 피 나."

"명예의 부상이야."

"그러냐…….."

그렇다면 난 아무 말 안 할게, 몸조심해라, 그런 안쓰러움이 담긴 눈빛과 함께 사이토가 멀어졌다. 아니, 도망갔다.

──분명 이상한 애라고 생각했겠지!

아카네는 사이토의 셔츠를 말리면서 봄을 부들부들 떨었다.

오늘은 평소보다 언동 조절이 더 되지 않았다. 이제야 자신의 속마음을 알았는데 이대로라면 사이토와의 거리는 더욱 벌어질 것이다.

"어떻게든 해야 해…… 어떻게든……."

아카네는 욕조에 몸을 담근 채 생각에 잠겼다.

방금까지 사이토가 몸을 담그고 있던 욕조.

물이 식어 버리면 가스비가 아깝기에 서둘러 들어갔을 뿐, 욕조를 씻어내는 것이 아깝다거나 하는 감정은 일절 없었다. 자신은 집안의 경제 사정을 걱정한 것뿐이라며 애써 속으로 변명했다.

하지만 변명할수록 몸은 점점 더 뜨거워졌다. 이것이 뜨거운 물의 열기 때문만은 아니라는 것은 아카네도 알고 있었다.

적어도 맛있는 저녁을 만들어서 사이토를 기쁘게 해주자. 그러면 오늘의 실패는 만회할 수 있을 것이다.

그렇게 생각하고 아카네는 욕실에서 나왔다.

드라이기로 머리를 꼼꼼히 말린 뒤 얼굴에 스킨을 차례차례 발랐다. 바르는 김에 립 제품도 얇게 발랐다. 기합이 들어갔다는 건 자신도 알고 있다. 그것이 부끄럽기도 하고 좀 기쁘기도 했다.

세상의 소녀들이 떠들어대는 '사랑'이라는 감각.

강제로 결혼하게 된 자신과는 무관하다고 생각했는데, 그렇지 않았다. 자신에게는 제대로 좋아하는 사람이 있었고, 심지어 그 사람과 결혼했다.

만약 할머니의 압력이 없었다면 아카네는 사이토를 향한

호감을 평생 깨닫지 못한 채 천적으로 남았을지도 모른다.

"……힘내자."

아카네는 두 손으로 뺨을 때리고 탈의실 밖으로 나갔다.

사이토는 아카네의 변화에 눈에 띄게 당황했다.

갑자기 아카네의 태도가 날카로워진 것 같아 어떻게든 아카네의 분노를 달래기 위해 적극적으로 집안일을 하려고 했다. 욕실 청소를 하다 보니 욕조에 들어가고 싶어서 목욕을 마치고 하는 김에 효율적으로 빨래도 해뒀다.

하지만 모든 것은 역효과. 아카네에게 목욕을 거부당했고 빨래 바구니도 빼앗겼다. 사이토를 향한 아내의 호감도는 철저하게 떨어지고 있었다.

──나는…… 어디서부터 잘못된 거지……? 이제 우리 집에 평화는 오지 않는 건가……?

사이토는 고뇌했다.

요즘 아카네와 보내는 단란한 시간이 무척 편안했던 만큼 두 사람의 관계가 전쟁 상태로 되돌아간 것은 괴로운 일이었다.

사이토는 긴장하듯 주먹을 불끈 쥐고 거실과 연결된 주방으로 들어갔다.

주방에서는 아카네가 열심히 요리하고 있었다. 양파를 자르는 손놀림도 가볍고 앞치마를 휘날리며 주방을 끝에서부터 끝까지 뛰어다니고 있다.

사이토는 의자에 걸터앉아 어색하게 말을 걸었다.

"나, 나 왔어. 오늘 저녁 식사를 준비하고 있는 거니?"

"보면 알잖아. 말투가 왜 그래?"

널 자극하지 않으려고 부드러운 말투를 쓰는 거잖아!

라고 말하고 싶은 사이토였지만, 아카네를 자극하고 싶지 않았기에 꾹 눌러 참았다.

"와아, 아카네 씨가 손수 만든 요리라니~. 기대된다~."

"아카네 씨?! 뭐 이상한 거라도 먹었어?!"

겁에 질린 아카네. 지금으로서 이 싸움은 사이토에게 유리하게 진행되고 있었다. 불쾌해하는 것뿐인지도 모르지만.

사이토가 어깨를 으쓱했다.

"모처럼 아카네 씨의 수제 요리를 먹을 수 있는데 다른 걸 먹었을 리가 없지."

"그, 그래? 그렇게 기대돼?"

아카네는 뺨을 붉히고 머리칼을 손가락으로 빙글빙글 만지작댔다.

조금 태도가 누그러진 모습에 사이토는 칭찬에 더욱 박차를 가했다.

"그래, 네 요리는 세계 제일이야!"

"세, 세계 제일?"

"다른 녀석이 만든 요리는 이제 못 먹어! 나를 위해 매일 된장국을 만들어줘! 퍼펙트 셰프 아카네!"

"너무 칭찬하면 죽인다?!"

"죽여?!"

아카네를 제외하면 이 세상 누구도 하지 않을 것 같은 협박 문구에 사이토가 몸을 떨었다. 새빨개진 아카네의 얼굴에서는 격렬한 분노가 전해져왔다.

아카네는 사이토에게 등을 돌린 채 도마 위의 당근을 자르기 시작했다. 침착하지 못하게 허리가 흔들리고, 바닥에서는 발톱 끝을 굽히고 있다.

"무, 물론 된장국을 매일 끓이는 것 정도는 상관없지만. 그보다 매일 끓이고 있지만! 그래도 그런 유혹법은 좀 구식이라고 할까, 좀 더 로맨틱한 말투도 있을 것 같은데. 뭐, 사이토치고는 나름 노력한 것 같지만 말야!"

"⋯⋯?"

알쏭달쏭한 반응에 사이토가 고개를 갸우뚱했다. 아카네가 무슨 생각을 하는지 모르겠다.

"음⋯⋯ 나한테 화난 거 아니었어⋯⋯?"

"화 안 났어!!"

엄청나게 화난 얼굴로 그런 말을 해온다.

"그럼⋯⋯ 나 좋아해?"

"꺄악?!"

칼을 든 아카네의 손이 미끄러지며 손가락에서 피로 된

25

분수가 솟구쳤다.

"괜찮아?!"

"네가 갑자기 이상한 소리를 하니까 그렇지! 조조조좋아 한다니 그럴 리가 없잖아! 너와 나는 천적이지 그 이상도 그 이하도 아니야! 내가 사자고 네가 생쥐라고!"

"압도적으로 내가 잡아먹히는 쪽인데?!"

피가 뿜어져 나오는 손가락을 휘두르며 아카네가 울부 짖었다.

"안 먹을 거야! 무슨 야한 소릴 하는 거야?!"

"야한 소리 같은 거 안 했어! 일단 그 피 좀 어떻게 해봐!"

"피?! 무슨 소리야?!"

"네 손가락에서 나이아가라처럼 흐르는 그거 말야!"

더는 보다 못한 사이토가 아카네의 손가락을 움켜쥐었다.

"힉……? 자, 잠깐 사이토……? 갑자기 그런…….."

부끄러운 듯 고개를 숙이는 아카네. 그녀치고는 드물게 아주 귀여운 표정이었지만 지금은 그 표정을 만끽할 때가 아니었다. 손가락에서 피가 콸콸 쏟아지고 있었다.

──내 아내가 이렇게 허술했나?

사이토는 당황하면서도 아카네의 손가락을 꽉 조여 지 혈했다. 사이토의 손가락과는 달리 아카네의 손가락은 아 기처럼 작고 사랑스러웠다.

"균이라도 들어가면 위험해. 소독액이랑 반창고 가져올

테니까 너는 상처를 물에 씻고 있어."

"그렇게까지 안 해줘도 돼. 내버려 두면 시간이 알아서 낫게 해줄 거야."

"무슨 말 같지도 않은 소릴……. 손가락을 못 쓰게 되면 공부에도 지장이 갈 거라고."

"상냥하게 해서 날 어쩔 셈이야?! 난 그렇게 쉬운 여자가 아니야! 아무리 사이토라도 쉽게 어떻게 할 수 있다고 생각하지 마!"

아카네는 경계하여 사이토로부터 거리를 벌렸다.

어깨를 한껏 곤두세우고 손톱을 번쩍이며 외적에게서 몸을 보호하는 훌륭한 길고양이의 자세다.

속셈 따위는 한 톨도 없으며 주방이 피바다 지옥이 되는 것을 피하고 싶었을 뿐인 사이토로서는 억울하기 이를 데 없었다. 오늘의 아카네는 평소 이상으로 이해하기 어렵다.

사이토는 탄식하며 주방을 나섰다.

이 상황에서 공유 공간에 있는 것은 불안했기에 자신의 공부방에 틀어박혀 책을 읽었다. 계속 즐겁게 읽어오던 추리 소설 시리즈 신간이 얼마 전에 새로 나온 것이다.

대부분 미스터리의 경우 사이토는 초반에 범인을 알아내는데, 이 작가는 복선을 까는 방식이 특이했다. 단순한 복선이 아니라 은유나 동서고금의 심볼을 힌트로 사용해오니 추리할 맛이 났다.

——독서는 좋아……. 소란스러운 현세로부터 구원의 손길을 내밀어줘…….

사이토가 책의 세계에 탐닉하고 있을 때 아래층에서 폭발음이 울렸다.

"무슨 일이야?!"

사이토는 1층으로 뛰어 내려와 주방으로 달려갔다.

주방에서는 아카네가 자랑스러운 얼굴로 접시를 테이블로 옮기는 중이었다.

"드디어 저녁이 완성됐어."

"지금 그 소리로?!"

"마지막 마무리가 중요한 거야. 가솔…… 아니, 이 이상은 기업 비밀이야."

"가솔린이라고 했지?! 가솔린을 요리에 뿌려서 폭발시킨 거야?! 스테이크에 와인으로 불을 붙이는 것처럼?!"

"그렇게 위험한 걸 쓸 리가 없잖아. 넌 정말 몰상식해."

"몰상식한 폭발음이 들려서 달려온 건데……."

사이토는 영 찜찜했다.

하지만 주방에 가솔린 냄새 같은 것은 남아 있지 않으니 분명 다른 폭발물일 것이다. 요리에 왜 폭발물이 필요한지는 짐작도 가지 않지만.

"맛있게 먹어."

눈부신 미소를 지은 아카네가 테이블에 놓은 접시 위에

는 시커먼 물체가 담겨 있었다. 심연보다 더 깊은 심연. 이 세상의 악의와 불길한 것들을 모두 모아 응축시킨 듯한 칠흑이었다.

──숯?! 숯인가?!

사이토는 자신의 눈을 의심했지만 설마 아카네가 숯을 저녁 식사에 내놓을 리는 없다. 겉보기에는 숯이라도 뭔가 고상한 요리일 것이다.

"이건…… 무슨 요리야?"

사이토가 꿀꺽 하고 침을 삼켰다.

"숯이야."

"역시 숯이었냐!"

"너한테는 이게 숯 말고 뭐로 보이는 거야? 괜찮아……?"

어이없다는 듯 말하는 아카네.

"여러모로 괜찮은지 걱정되는 건 네 쪽이야!"

마찬가지로 질색하는 사이토.

"왜 나한테 숯을 먹이려고 해?! 나한테 원한이라도 있어?!"

"네, 네가 우쭐한 게 잘못이야! 내가 늘 너를 위해 맛있는 요리를 해줄 거라 생각하지 마! 전혀 그렇지 않아! 나랑 너는 라이벌이니까! 넌 숯이나 먹는 게 잘 어울려!"

아카네는 팔짱을 낀 채 시선을 돌렸다. 귀는 진홍색으로 물들어 있다.

"뭐…… 그렇긴 하지. 나도 생각이 안이했어. 아카네의 수제 요리가 매일의 즐거움이 된 나머지 맛있는 걸 해주는 게 당연하다고 생각하고 있었는지도 몰라……. 이건 마땅한 벌이겠지……."

"자, 잠깐, 그렇게 진심으로 풀 죽지 마!"

"어쩔 수 없어…… 책임지고 나는 숯을 먹겠어."

사이토는 각오를 다졌다.

접시 위에 우아하게 담긴 숯을 젓가락으로 집어 들고 조심조심 입으로 옮겼다. 혀가 저릿할 정도의 쓴맛을 예상하고 몸을 잔뜩 굳혔는데.

"이 숯…… 맛있는데?!"

사이토가 눈을 부릅떴다.

흐흥, 하고 웃는 아카네.

"당연하지! 이 내가 맛없는 음식을 내놓을 리가 없잖아!"

"요리가 아니라 숯이지만…… 뭐, 맛있으면 상관없나?"

세세한 것은 따지지 않는다. 중요한 것은 맛이다. 바삭바삭한 식감도 과자라고 생각하면 문제없고, 새까만 외형도 오징어 먹물이 뿌려져 있다고 생각하면 크게 신경 쓰이지 않았다.

사이토는 아내가 손수 만든 숯을 완식했다.

밤늦게까지 아카네는 부부의 침실로 오지 않았다.

또 무리해서 공부하고 있을지도 모른다. 건강이 상할지도 모르니 적당히 해두라고 말해둬야지. 그럴 요량으로 사이토는 침실 문을 열고 복도로 나섰다.

복도에 주저앉아 있던 아카네가 튕기듯 펄쩍 뛰어올랐다.

"……아카네? 그런 데서 뭐 하는 거야?"

"마, 마음의 준비……랄까?"

"마음의 준비? 무슨?"

"취침을 위한……."

"자는 데 각오가 왜 필요해. 그만 고민하고 얼른 자, 내일도 학교 가잖아."

사이토가 문고리를 잡고 재촉했지만, 아카네는 머뭇머뭇하며 그 자리에서 움직이려 하지 않았다. 얼굴을 붉히며 사이토를 올려다본다.

"하, 하지만…… 같이 자는 건 너무 야하지 않을까……?"

"매일 밤 같이 잤잖아."

새삼스러운 의문이었다.

"그게 이상하다는 거야! 너와 난 결혼만 한 것뿐인데…… 같은 이불 속에서 밤을 보내다니…… 이상해……."

아카네는 양다리를 꼭 붙이고 사그라지는 듯한 목소리로 속삭였다.

그런 말을 들으니 사이토까지 몸에 열이 올랐다. 확실히 대담한 일을 하고 있다고는 생각하지만 어떻게든 의식하지 않으려고 노력하고 있었는데.

"생각하면 지는 거야! 같이 자는 건 그 두 사람이 내건 조건이니까 할 수밖에 없잖아!"

"하다니 뭘?!"

"수면!"

사이토는 아카네의 손을 잡고 침실로 끌고 갔다.

"자, 잠깐만! 여자애를 강제로 침실로 끌고 가다니!"

"네 침실이기도 하잖아! 이상한 소리 하지 말고 얼른 자!"

"싫어! 좀 더 로맨틱한 게 좋단 말야!"

알 수 없는 말을 지껄이며 발버둥 치는 아카네.

떼를 쓰는 그녀를 어떻게든 재우기 위해 사이토가 힘을 주자 아카네가 사이토 쪽으로 휙 넘어졌다.

힘에 못 이겨 침대에 쓰러지는 두 사람.

위를 보고 누운 사이토의 품 안에 아카네가 뛰어드는 듯한 형태로 밀착되었다. 얇은 잠옷에 싸인 가슴이 사이토의 가슴팍에 짓눌리며 그 부드러움이 전해졌다. 가는 목덜미에서 풍기는 딸기처럼 새콤달콤한 향.

괴로운 듯한 열기를 띤 한숨이 딸기빛 입술에서 새어 나왔다.

"아파……."

"……!"

사이토는 심장이 아플 정도로 뛰는 것을 느꼈다.

여러 번 밤을 함께해 온 침대. 두 사람의 냄새가 뒤섞인 침구. 그 위에서 몸이 뒤엉켜 있는 것이 무섭도록 외설스러운 일임을 자각했다.

"미, 미안해. 다친 데는 없어?"

"이 성범죄자!"

아카네가 눈물을 글썽이며 일어나더니 베개를 사이토에게 내리쳤다. 퍽퍽 때려댔지만 푹신한 베개라 손상은 전무하다.

"성범죄자 아냐! 지금 건 사고야!"

"사고라고 하면 아이를 만들어도 용서받을 수 있는 거야?!"

"만들지 않았잖아!"

"생겼을지도 모르잖아!"

"끌어안은 정도로 안 생겨! 네가 황새 믿는 애냐!"

"아이?! 방금 아이라고 했어?! 역시 생긴 거 맞지?! 이름은 뭐로 지을 거야?!"

"좀 침착해! 일본어를 들으라고! 아니, 제발 들어주세요!"

사이토가 간청했지만, 아카네의 폭주는 멈추지 않았다. 정신없이 비명을 지르며 침대를 뛰어 내려가더니 몇 번이고 넘어지면서 복도로 뛰쳐나갔다.

"어디로 가는 거야, 아카네!!"

"미국 서해안으로!"

"이 시간에 LA를?!"

이미 국제선은 마지막 편이 출발하지 않았을까. 그걸 떠나서 공항까지 가는 버스도 끝났을 텐데 하고 사이토는 걱정했다.

하지만 아카네는 산타모니카 비치에 가지 않고 곧바로 산더미처럼 짐을 싸서 돌아왔다.

여행용 캐리어가 아니었다. 쇠망치랑 펜치, 기다란 각목, 대량의 압정과 못, 전동 드릴 등 흉흉한 물건들뿐이다.

"오늘 밤에 고문 파티라도 벌일 셈이야?!"

사이토가 몸을 움츠렸다. 창문으로 도망치려 했지만, 제시간에 맞출 수 없다. 아카네는 이미 전동 드릴 스위치를 켠 상태였다.

위이이이이이잉 하는 날카로운 드릴 소리를 울리며 아카네가 위협적인 목소리로 선고했다.

"사이토…… 잘 거야."

"영원히?!"

그런 생각이 들 정도로 충실한 장비였다.

"둘 사이에 바리케이드를 치는 거야…… 그럼 사이토가 나를 능욕하는 일은 없을 테니까……."

"없어도 능욕하진 않을 건데?!"

"알고 있어. 그래서 우선은 국경 지대를 만들 거야."

아카네는 침대 중앙에 압정을 얌전히 올려 나갔다.

"전혀 모르잖아! 뒤척이기만 해도 중상이라고!"

"꿈쩍도 하지 않고 자면 되잖아?"

"말도 안 되는 소리 하지 마!"

"말이 안 되지 않아…… 왜냐하면 인류에게는 박스 테이프가 있거든……."

아카네가 힘있게 박스 테이프를 뜯으며 사이토에게 다가왔다.

"역시 고문이잖아──!"

사이토는 확신했다. 자신은 오늘 밤 죽을 것이라고. 적어도 다잉 메시지라도 남길 순 없을까 하는 마음에 스마트폰을 찾았지만, 아카네가 음흉하게 웃었다.

"우후후…… 이걸 찾고 있는 거야?"

아카네의 손에는 사이토의 스마트폰이 들려 있었다.

"어, 어느 틈에?!"

"이 장난감은 내가 맡아둘게. 잠든 사이에 내 부끄러운 사진이 찍히면 곤란하니까 말야."

"안 찍어!"

"내 잠자는 얼굴을 찍고 있잖아!"

"……찍지는 않았어!"

찍고 싶다고 생각한 적은 꽤 있었던 사이토. 그 귀여움이 반칙에 가까웠기 때문이었다.

아카네는 각목을 못방망이처럼 가공한 뒤 침대 한가운데 배치했다. 각목 위에는 책을 산더미처럼 쌓았다. 금방이라도 무너질 듯 아슬아슬하게 균형을 잡고 있다.

더 확실하게 해두려는 듯 눈알 모양으로 된 새를 쫓는

도구도 놔두었지만, 사이토는 새가 아니었다.

"이걸로 안심이네. 푹 잘 수 있겠어."

바리케이드 설치를 마친 아카네는 전동 드릴을 한 손에 들고 침대에 누웠다.

"전혀 안심도 안 되고 푹 쉴 수도 없어!"

전동 드릴은 아직도 폭음을 내고 있었다. 위협적인 민폐 행위였다.

"자장가를 불러달라는 거야?"

"필요 없어!"

"맡겨줘! 사이토의~ 온몸을~ 우당탕탕쿵~ ♪."

"고문가냐?!"

폭주하는 아내가 개발한 새로운 장르에 몸을 떨면서 사이토의 긴 밤은 깊어갔다.

등교한 아카네가 3학년 A반 교실에 들어서자 사이토밖에 없었다.

눈이 마주치자 심장이 뛰는 것을 느끼고 반사적으로 복도로 튀어나왔다. 벽에 등을 대고 요동치는 가슴을 누르며 왜 이렇게 됐을까 하고 망연자실했다.

의식하기 전에는 평범하게 대했다. 하지만 지금은 사이토의 얼굴을 보기만 해도 감정이 넘쳐흘러 제대로 된 대화조차 할 수 없었다.

예전에는 집에서 사이토와 게임을 하거나 영화를 보는 등 오붓한 시간도 있었는데, 요즘은 저녁 식사가 끝나자마자 자신의 공부방으로 도망쳐 버리기 일쑤다.

사이토와 단둘뿐인 공간에 있으면 무슨 말을 할지 몰라 무서웠다. 자신의 호감을 그가 알아차리는 것이 두렵다. 사이토가 어떤 반응을 보일지, 만약 싫어하면 어쩌나 생각하니 몸이 덜덜 떨렸다.

──진심 같은 건 모르는 편이 좋지 않았을까…….

그랬다면 예전처럼 자연스럽게 사이토와 이야기하고 사이토와 놀고 사이토와 자고 평화롭게 지낼 수 있었을지도 모른다.

하지만 자각하지 못했다면 자신도 모르는 사이에 사이토를 잃었을 가능성이 크다. 그것이 더 무섭다. 이러니저러니 해도 사이토는 인기가 많았다. 연애에 관심이 없던 아카네마저 끌렸을 정도니 당연하다면 당연한 이야기였다.

교실에 들어가지도 못하고 끙끙 앓던 아카네는 눈앞에 시세이가 서 있는 것을 알고 흠칫 놀랐다.

시세이는 아무 말도 하지 않은 채 아카네의 얼굴을 빤히 쳐다보았다.

"시, 시세이 씨? 왜 그래?"

"……아카네, 눈치챘어?"

"뭐, 뭐를?"

어리둥절한 아카네

"오빠를 좋아한다는 거."

"……!"

가뜩이나 요동치던 심장이 더욱 크게 날뛰었다. 아카네의 온몸이 고열에 사로잡히고 뺨이 타오를 듯 붉어졌다.

"무무무, 무슨 소릴 하는 거야?! 무슨 말인지 모르겠어!"

"역시 눈치챘네. 예전의 아카네라면 정말 싫다고 즉답했을 거야."

"싫어, 그런 녀석!"

"어떤 점이?"

갑자기 물어봐도 바로 떠오르지 않았다. 그렇게 싸우기만 했는데 좋아한다는 것을 깨닫는 순간 사이토의 결점이 사소한 것처럼 느껴졌다.

"음…… 그건…… 그러니까…… 아주 많아! 싫어하는 점 투성이야!"

아카네는 될 대로 되라는 심정으로 쏘아붙였다.

"그렇구나."

어찌어찌 납득해준 것 같은 모습에 아카네는 가슴을 쓸어내렸다.

시세이는 교실로 들어서자마자 사이토에게 다가가 무릎 위로 뛰어올랐다. 사이토의 얼굴을 올려다보며 전한다.

"좋은 거 알려줄게. 아카네가 오빠를……."

"꺄아아아아아악?!"

아카네는 교실로 들어가 사이토의 무릎에 앉은 시세이를 낚아챘다.

"좋아부붑! 한다고버법!"

어떻게든 발언을 이어가려는 시세이의 입에 도시락통을 통째로 집어넣어 물리적으로 입막음을 했다. 바둥거리며 날뛰는 시세이를 껴안고 전속력으로 교실에서 데리고 나갔다.

인근의 빈 교실로 뛰어들어 출입문을 봉쇄한 뒤에야 시세이를 바닥에 내려놓았다. 초등학생처럼 가볍지만 동급생의 몸을 옮긴 것이다. 아카네가 거칠게 숨을 몰아쉬었다.

"설마 아카네에게 유괴당하다니."

시세이는 마루에 가련하게 주저앉아 덧없이 몸을 떨었다.

"내가 사이토를 좋아한다는 걸 밝히려고 했잖아?!"

"역시 좋아해?"

"아……."

아카네는 입을 손으로 눌렀다. 머리에 피가 몰려 그만 자백해 버렸다.

몸을 일으키는 시세이.

"속일 필요 없어. 시세는 오래전부터 알고 있었어."

"어, 어떻게……."

히마리뿐 아니라 시세이조차 꿰뚫어 보고 있었다니. 그

렇게 자신의 호감이 대놓고 드러난 건가 싶어 아카네는 당황했다. 본인에게까지 전해졌다면 최악이었다.

"오빠를 보고 있는 사람은 다 알아."

"그게……."

무슨 뜻일까. 단순히 늘 사이토 곁에 있으니까 다른 사람의 시선을 잘 감지한다는 뜻일까.

"왜 오빠한테 말 안 해?"

"어떻게 말할 수 있겠어! 나랑 사이토는 계속 천적이었다고! 심한 말이나 심한 짓도 엄청 많이 했으니까 분명 날 미워하고 있을 거야. 이런 상태로 고백한다 해도 바로 거절당할 뿐이야……."

아카네는 손을 꼭 쥐었다.

히마리에게는 사랑의 라이벌 선언을 했지만 실제로는 경쟁자조차 될 수 없는 것이다. 히마리는 사이토와 가까웠지만, 아카네는 호감도 마이너스에서 출발하는 거니까.

"시세가 대신 말해줄게."

빈 교실에서 나가려는 시세이의 손을 아카네는 황급히 잡았다.

"그건 더 싫어! 나만 불리해지는 거잖아! 사이토에게 약점을 잡혀서 말도 안 되는 요구를 당할 게 뻔해!"

"어떤 요구? 매일 아카네가 만든 맛있는 밥을 대령하라는 요구?"

"밥은 늘 만들고 있어."

"그럼 뭐야?"

시세이가 고개를 갸우뚱했다.

"야, 야한 걸 하자든가……."

입 밖에 내기도 민망해져서 아카네는 귀가 타들어가는 느낌이었다.

보석처럼 맑은 눈동자로 시세이가 아카네를 응시했다.

"아카네는 오빠랑 그런 거 하는 거, 싫어?"

"그, 그건…… 저기……으으…….."

수치심의 한계에 이른 아카네는 뺨을 움켜쥐고 몸을 웅크렸다. 잠시 상상했음에도 심장이 심하게 뛰고 머리가 어지러웠다.

"지금의 아카네, 오빠한테 보여주면 될 텐데."

"어?"

"아무것도 아니야. 아카네는 서투르다고 생각했을 뿐."

"어차피 난 서툴러……."

초등학생 때부터 가족 이외의 인간관계에서 잘 풀린 적이 없었다. 히마리와는 평화롭게 지내왔지만, 그것은 어디까지나 히마리가 아카네에게 맞춰 주고 있기에 가능한 것이다. 그런 아카네가 남자아이인 사이토와의 관계를 능숙하게 진전시킬 수 있을 리가 없었다.

아카네는 시세이의 손을 양손으로 움켜쥐었다.

"어쨌든 내 마음은 사이토에게는 비밀로 해줘. 알려지면 죽어버릴 거야."

"죽으면 곤란해. 시세는 아카네를 좋아해."

"고, 고마워."

수줍어하는 아카네. 자신도 이런 말을 솔직하게 할 수 있다면 더 편했을 텐데, 하고 그녀가 부러워졌다.

시세이가 침을 흘렸다.

"비밀로 하는 대신 입막음 비용을 받고 싶어."

"좋아. 뭘 먹고 싶어?"

"아카네를 먹고 싶어."

"그럼 요리할 사람이 없어지잖아."

아카네는 신변의 위험을 느꼈다.

"그럼 함박스테이크."

"알았어."

시세이는 손을 꼽으며 나열해갔다.

"그리고 스테이크랑 오코노미야키랑 피자랑 그라탱이랑 된장국이랑 카르보나라 스파게티랑 크레이프랑 아카네가 먹고 싶어."

"하나씩 해줄게. 그리고 나는 못 먹어."

아카네와 시세이는 조건을 협상하며 빈 교실을 나섰다.

──역시, 아카네가 나 피하는 거 맞지……?

안뜰 벤치에서 사이토는 심각하게 고민하고 있었다.

아침에도 아카네가 교실로 들어오나 싶었는데 사이토의 얼굴을 보자마자 뛰쳐나가 버렸다. 집에서도 아카네가 공유 공간에 있는 일이 줄었고 전체적으로 분위기가 서먹서먹했다.

그런데 어째서 자신은 기운이 없는 것일까. 동거인에게 간섭받지 않는 것은 좋은 일이고, 자유롭게 시간을 쓸 수 있으니 편하지 않나.

──마치 혼자 사는 것 같네.

본가에 있을 때도 그랬다.

같은 집에 살고 있어도 부모에게 있어 사이토는 투명인간. 존재조차 제대로 인식되지 못하고 상대조차 해주지 않았다. 잔소리로 주의를 주거나 부드럽게 안아주지도 않았다.

그 일을 떠올리며 사이토는 가슴에 찌릿한 통증을 느꼈다. 영화나 거리에서 보는 부모와 사이토 부모는 동떨어져 있었다.

"오빠~!"

바로 근처에서 목소리가 울리고 사이토의 귀에 극심한 통증이 찾아왔다.

"끄악?!"

비명과 함께 튀어 오르는 사이토. 사이토의 귀에 마호가 달라붙어 갓 낚인 물고기처럼 매달려 있었다.

"대체 뭘 하는 거야?!"

"으무으무으무! 으무으무으무!"

"전혀 못 알아듣겠어! 일단 내 귀 좀 풀어줘!"

"으무무~!!"

"귀에다 대고 소리치지 마!"

사이토는 마호를 억지로 뜯어냈다. 하마터면 귓불을 뜯길 뻔했다. 마호의 침으로 인해 귓구멍까지 흠뻑 젖어 있었다.

"이건 오빠를 향한 제재야!"

마호가 척 하고 사이토를 가리켰다.

"내가 뭘 했는데!"

"그건 내가 할 말이야! 오빠, 언니한테 무슨 짓을 한 거야?! 아무리 생각해도 요즘 언니 태도가 이상해! 오빠가 잘못한 게 분명해!"

"나도 기억이 없어서 곤란하다고."

비범한 기억력이 호조 가문의 능력이었지만, 아무리 기억을 거슬러 올라가도 이렇다 할 원인을 찾을 수 없었다.

마호가 사이토 옆에 앉았다.

"음, 오빠가 히마링이랑 뽀뽀한 것 때문에 화난 건 줄 알았는데, 언니한테 물어보니까 아니라 그러고."

"아카네가 화낼 일도 아니고 말야."

"자는 동안 언니 가슴을 만졌다든가?"

"그건…… 아닐 거라 생각하는데……?"

취침 중에는 의식이 없기에 확신할 수는 없었다.

"자는 동안 언니 옷을 벗기고 메이드 옷을 입혀서 굴욕적인 봉사를 강요했다거나?! 오빠 엉큼해!"

"그렇게까지는 절대 안 했어! 누구라도 깨겠지!"

마호가 손을 입가에 가져갔다.

"아니, 아랫도리 가벼운 음란 마왕인 오빠라면 있을 수 있어……. 나도 하룻밤 같이 잤을 뿐인데 오빠한테 옷이 벗겨졌으니까……."

"네가 멋대로 벗은 거잖아!"

"너무해! 그렇게 뜨거운 밤을 보냈는데, 없던 일로 하겠다는 거야?!"

"네가 아파서 열이 난 것뿐이겠지!"

"그랬지, 참! 병원에 옮겨줘서 고마워~ ♪."

에헤헤, 하고 마호가 사이토를 껴안았다.

"정말이지……."

늘 폐를 끼치는 소녀였지만 근본은 지나치게 순수할 정도로 착한 아이였기에 미워할 수가 없었다. 사이토에게 제재를 가한 것도 언니를 좋아하기 때문이었다.

"어떻게 하면 아카네의 마음을 풀어줄 수 있을까?"

"오빠는 무리야!"

마호가 명랑하게 내뱉었다.

"해맑게 단언하지 마……."

"왜냐하면 오빠 동정이잖아? 언니는 여자로서의 난이도가 마왕 수준이거든. 한 번도 여자애랑 사귄 적 없는 동정에게는 무리지~ ♪."

키득키득 웃음 짓는 마호.

"무리인가……."

사이토의 가슴에 푹푹 박히는 화살.

마호가 사이토를 향해 얼굴을 가까이하고 야릇하게 미소 지었다.

"……역시 나랑 결혼하자. 솔직히 말하면 난 엄청 쉬워. 오빠가 조금 상냥하게 대해준 것만으로도 오빠를 엄청 좋아하게 됐으니까."

"그, 그러냐……."

솔직한 말은 공격력이 높았다. 사이토는 어떻게 반응해야 할지 알 수 없었다. 이 소녀는 좋은 의미로든 나쁜 의미로든 겉과 속이 너무 똑같았다.

마호가 사이토의 귓가에 달콤하게 속삭였다.

"하지만 쉬운 건 오빠 한정이야. 남자아이를 좋아하게 된 건 이번이 처음인걸."

"넌 기본적으로 남자는 하인처럼 다루잖아."

"기뻐? 나 같은 미소녀가 좋아한다고 말해줘서 기뻐?"

"기쁘지는 않아."

"거짓말~♪ 오빠 얼굴 빨개졌는데♪."

쿡쿡 하고 마호가 장난스럽게 사이토의 뺨을 찔렀다. 놀림을 받아도 딱히 불쾌한 마음이 들지 않는 것은 그녀에게 악의가 조금도 없기 때문이었다.

"네 얼굴도 빨개."

최소한의 보복으로 사이토가 지적하자 마호가 수줍어하며 뺨을 눌렀다.

"그야 좋아하는 사람이랑 꽁냥거리면 빨개지지."

"꽁냥댄 적 없는데."

"그럼 이렇게 하면 꽁냥대는 건가?"

마호의 팔이 사이토의 팔을 감아왔다.

"적당히 해."

"안 할래~♪ 왜냐면 오빠도 싫어하지 않는걸~♪ 진심으로 화내지 않으면 오빠한테서 안 떨어질 거야~♪."

흥얼흥얼 노래하듯 말하는 마호.

사이토도 억지로 밀어낼 정도는 아니었기에 포기하고 몸을 맡겼다. 여동생 같은 존재가 자신을 따르는 것은 시세이 덕분에 익숙하다.

"그럼 내 상담도 좀 해줘. 언니 기분 풀어주는 법, 너라면 알겠지?"

"뭐, 그렇지! 이 마호 님께 맡겨~!"

마호가 자신만만하게 가슴을 쳤다.

"평소에는 딸기와 관련된 뇌물을 주면 어떻게든 됐는데, 이번엔 그것마저 효과가 없어……. 받을 것만 받고 공부방으로 들어가 버려. 태도도 묘하게 까칠해져서 어떻게 하면 좋을지 모르겠어."

"언니는 질린 거야."

"그렇게 좋아하던 딸기를?"

"오빠라는 인간에게."

"너무한 거 아냐?!"

사이토는 크나큰 대미지를 입었다. 미움받는 것보다 질렸다는 말이 여러모로 더 타격감이 컸다.

마호는 자신만만하게 팔짱을 끼고 이제 알았다는 듯 고개를 끄덕였다.

"권태기라는 거네! 이대로 오빠와 언니는 가면 부부가 돼서 둘이 함께 가면무도회에 가는 거지! 그리고 가면 괴도에 납치된 오빠를 가면 언니가 라이더킥으로 쓰러뜨려서……."

"잠깐, 무슨 소릴 하는 거야?"

사이토는 초스피드로 멀어져 가는 이야기에 제동을 걸었다.

"요컨대 권태기에서 탈출하기 위해서는 오빠가 임포텐츠 상태로 있으면 안 된다는 거야."

"나는 그런 문제도 없고 애초에 아카네와 나 사이에 에로틱함은 조금도 없었어!"

"평범하게 아이를 만드는 정도로는 에로틱함에 들어가지도 않는다는 뜻?! 언니는 오빠한테 거기까지 조교당한 거야?! 으앙! 청순가련했던 언니를 돌려줘!"

막무가내로 달려드는 마호.

"됐으니까 좀 진정해!"

사이토가 마호의 이마를 잡은 채 그녀를 제지했다.

마호가 털썩 벤치에 앉았다.

"진정했어!"

"감정의 기복이 너무 심해……."

얼마 지나지 않아 사이토는 하루치 피로가 쌓이고 말았다. 건강하다는 건 좋은 일이지만 이 소녀는 지나치게 건강했다.

"뭐, 권태기라는 것은 확실하네."

"확실한 건가……."

"부부는 포옹하고 키스하고 애정을 쌓는 게 중요하다고 하잖아? 오빠는 결혼하고 나서 언니한테 그런 거 전혀 안 했지?"

"그럼 죽임을 당할 테니까."

사이토는 신변의 안전을 확보하고 싶었다.

마호가 다 안다는 듯한 얼굴로 손가락을 흔들었다.

"아아, 이미 틀렸네, 오빠는. 그러니까 언니한테 이혼을 당하는 거야."

"아직 당하진 않았는데."

하지만 시간문제라는 생각도 들었다.

"일단 나로 연습할래? 오빠라면 원하는 만큼 연습해도
돼~♪."

마호가 사이토의 무릎에 손을 얹고 우우하고 입술을 가
까이 들이댔다. 젤리처럼 탄력 넘치는 입술에서 매혹적인
달콤한 향기가 풍겼다.

"연습해도 쓸 데가 없어."

"사양할 필요 없어~. 나 같은 미소녀랑 키스할 기회는
흔치 않은데? 오빠만 특별히 허락해주는 거다?"

입술이 닿을락 말락 한 위태로운 거리에서 마호가 도발
하듯 속삭였다. 눈이 즐겁다는 듯 웃고 있었다. 누가 봐도
사이토를 얕보고 장난감 취급하는 것이다.

이 녀석은 한번 크게 깨닫게 해줄 필요가 있겠다고 사이
토는 생각했다.

예전에 사이토에게 포옹당할 뻔했을 때 마호는 묘하게
당황했었다. 본인이 압박하는 것은 아무렇지도 않지만 입
박받는 것에는 서투른 것이다.

"그럼…… 어디 한번 연습해 볼까?"

사이토가 마호의 턱을 손가락으로 집었다.

"어?! 잠깐만, 진심이야?!"

순간적으로 몸을 빼는 마호.

"완전 진심이야. 원하는 만큼 연습해도 된다고 했지? 도중에 그만두고 싶다고 해도 놔주지 않을 거니까 각오해."

사이토는 마호의 입술에 자신의 입술을 가까이했다.

마호가 새빨개져서 당황한다.

"자, 잠깐! 점심 먹고 나서 양치도 안 했고, 입술에 아무것도 안 발랐고, 메이크업도 오늘은 좀 별로고, 어쨌든 지금은 안 되는……."

"알 바 아냐. 얼른, 입 벌려."

사이토는 인정사정없이 요구했다.

"싫어——!!"

마호가 항복하듯 사이토를 밀쳤다. 굴러가듯 사이토 품에서 벗어나더니 벤치 끝까지 물러선 채 숨을 죽인다.

"오빠가 그런 가벼운 남자일 줄 몰랐어! 너무 억지스럽잖아!"

사이토는 작은 승리감을 느꼈다.

"네가 도발해 오니까 보복해 준 것뿐이다."

"으윽, 미안해애……."

마호가 눈물을 글썽이며 고개를 숙였다. 솔직하게 있으면 아주 귀엽다.

"키스는 다음에! 제대로 준비하고 나서, 바다가 보이는 전망대 위에서 해야 해!"

"아니, 아까 그건 농담이니까 안 해도 되는데."

"안 돼! 여기까지 온 이상 반드시 받을 거야!"

마호는 고집을 부리면서 사이토를 노려보았다. 임기응변 격퇴법을 시도한 사이토. 하지만 괜히 상황만 더 복잡하게 만든 기분이었다.

"상담을 계속하고 싶은데……."

"어쩔 수 없지~! 오빠는 여자의 마음 같은 건 모를 테니이 마호 님이 끝까지 상담해줄게♪."

마호는 사이토의 무릎에 머리를 얹고 히죽 웃었다.

마호에게 조언을 받은 사이토는 집에서 아카네가 돌아오기를 기다렸다.

아카네의 호감도를 회복할 수 있도록 마호와 논의해 면밀한 계획을 세웠으니 준비는 완벽하다. 아무리 얼음장 같은 마음을 가진 도깨비라도 이 방법에 저항할 수는 없으리라.

『이제 곧 언니가 집에 도착할 거야! 화이팅!』

미행 담당 마호에게서 스마트폰으로 메시지가 보내졌다.

──좋아. 해볼까.

사이토는 거실 소파에서 일어나 복도로 나왔다.

현관문이 열리고 책가방을 든 아카네가 들어왔다.

"……?!"

복도의 모습을 보고 몸을 굳히는 아카네.

바닥에는 장미 꽃잎이 두툼하게 깔려 있다. 그것은 마치 할리우드 스타를 맞이하는 새빨간 카펫을 연상시켰다. 고급스럽고 짙은 향기가 가득하다.

"뭐, 뭘 어지른 거야?"

"어지른 거 아니야. 아카네를 위해 준비한 거야."

"나를 위해……?"

"그래, 평범한 바닥을 걷는 건 아카네에게 어울리지 않아. 네 아름다운 발이 밟아도 되는 건 아름다운 장미뿐이니까."

사이토는 느끼한 얼굴로 단언했다.

아이돌 못지않게 많은 인기를 구가하는 마호가 떠올린 대사를 거울 앞에서 여러 차례 연습한 결과였다. 완벽했다. 사이토는 그렇게 확신했다.

"힉……?!"

아카네의 목구멍 너머로 작은 비명이 새어 나왔다. 아무래도 사이토의 대사가 너무나도 감동적이었던 것 같다.

"그 가방, 내가 들어줄게. 공주님의 가련한 손으로 펜보다 무거운 걸 들긴 힘들 테니까."

"돼, 됐어……!"

아카네는 책가방을 끌어안고 붕붕 고개를 저었다. 겁에 질린 모습으로 뒷걸음질 쳤다.

사이토는 온화한 미소를 띠고 다가갔다.

"왜 겁을 먹어? 그렇게 두려워하지 않아도 가방을 망가 뜨리는 짓은 안 해. 공주님처럼 상냥하게 대해줄 거야……공주님처럼 말이야."

"싫어어어……."

아카네는 2층으로 쏜살같이 달려갔다.

사이토는 스마트폰으로 마호에게 메시지를 보냈다.

『뭔가 싫어하는데?』

『언니는 그런 거에 면역이 없어서 깜짝 놀란 것뿐이야! 사실은 기뻐하고 있을걸!』

『정말로?』

『나를 믿어! 세상에서 언니를 제일 잘 아는 사람은 나인 걸? 확실하게 두 사람을 행복하게 해줄게★』

『그렇다면 열심히 해보긴 하겠지만.』

『나는 수풀 뒤에서 지켜보고 있을게! 다음에는 요리 대작전이야, 잘해봐~ ♪』

사이토는 스마트폰을 주머니에 쑤셔 넣고 주방으로 들어갔다. 미리 만들어 놓은 음식을 접시에 퍼 날랐다.

희미한 발소리가 들리는가 싶더니, 아카네가 복도 쪽 문에 숨어 주방을 들여다보고 있었다.

"사, 사이토……?"

묘하게 쭈뼛거리는 아카네.

"왜 그래?"

"왜 그러냐고 묻고 싶은 건 이쪽인데…… 뭔가 힘든 일이라도 있었어……? 스트레스……?"

사이토는 혼신의 미소를 지으며 손짓했다.

"뭐, 됐으니까 소파에 앉아. 오늘 저녁은 내가 만들었어."

"저, 정말? 또 영양제 요리는 아니지?"

아카네가 미간을 좁혔다.

"당연하지."

"당연히 영양제라고?! 네 상식은 대체 어떻게 돼 있는 거야?!"

"제대로 평범한 요리라는 뜻이야. 내 애정을 듬뿍 담은, 요리 말이지."

"애, 애정이라니……."

목덜미부터 귀까지 새빨갛게 물든 아카네. 얌전하게 소파에 앉는다. 움찔움찔 몸을 움직이며 힐끔 사이토 쪽을 바라보았다.

나쁜 반응은 아니다. 오히려 확실한 반응이다. 마호가 제안한 작전은 틀리지 않은 것 같았다.

"자, 어서 먹어봐."

사이토는 테이블에 요리가 담긴 접시를 놓았다. 해산물을 듬뿍 사용한 특제 필래프. 수북하게 담긴 밥 가운데에는 함박스테이크가 놓여 있었다.

"와, 맛있겠다……."

크게 기뻐하며 숟가락을 드는 아카네.

함박스테이크 표면에는 케첩으로 하트 마크가 그려져 있었고 'LOVE AKANE'라고 적혀 있었다. 함박스테이크에 꽂힌 깃발에는 사이토의 느끼한 얼굴 사진이 인쇄돼 있다.

"……?!"

숟가락을 허공에서 멈춘 아카네가 그대로 얼어붙었다.

"뭐야, 이건……?"

"필래프야. 몰라?"

"그게 아니라! 왜 하트 마크인데?! 왜 네 사진이 있는데?!"

"……왜?"

"질문한 건 나잖아!"

"그런 말을 들어도…… 나도 모르겠어."

사이토는 마호의 충고대로 노르마를 해내고 있을 뿐이었다.

"그게 무슨 뜻이야?!"

아카네가 눈을 부릅뜨며 물었다.

"솔직히…… 나도 굉장히 불쾌하지만……."

"본인도 불쾌한 걸 나한테 만든 거야?! 신종 괴롭힘?!"

"됐으니까 먹어. 내가 먹여줄게."

사이토는 필래프를 숟가락으로 떠서 아카네의 입에 가까이 가져갔다.

"힉?!"

아카네가 숟가락을 피하려다 소파에서 굴러떨어졌다. 터무니없는 자세로 넘어진 탓에 속옷이 훤히 보이는 데도 일어나지 않은 채 몸을 떨고만 있다.

"뭐, 뭐야?! 무슨 일을 꾸미는 거야?!"

"꾸미는 것 따윈 없어. 이게…… 나의 LOVE다."

사이토는 엄지손가락을 치켜세우며 윙크했다.

아카네는 전속력으로 도망갔다.

──사이토가 이해할 수 없는 행동을 하고 있어?!

자신의 공부방으로 달아난 아카네는 숨을 헐떡이며 문을 등으로 꾹 눌렀다.

오늘 사이토는 확실하게 이상했다. 평소였으면 저런 오글거리는 대사를 하지도 않았을 거고 애정이니 LOVE니 납지 않은 말을 늘어놓을 타입도 아니다. 겉모습은 호리호리해도 기본적으로는 고지식한 남자다.

──뭐, 뭐어…… 전혀 기쁘지 않냐고 하면 또 그건 아니지만…….

다시 떠올리자 아카네의 뺨이 후끈 달아올랐다.

사이토가 음식을 먹여줄 기회가 다음에 또 있을까. 너무 동요한 나머지 무심코 도망쳐 버렸지만 아까운 짓을 했을지도 모른다.

그보다 문제는 사이토의 수수께끼 같은 행동이다. 아카네를 갑자기 좋아하게 된 것도 아니고 분명 속내가 있을 것이다.

——설마 내가 그 녀석을 좋아한다는 걸 들킨 건가?! 그래서 나를 놀리려고 저런 말을?! 정말 너무한 거 아냐?!

아카네는 분노로 몸이 타오르는 것을 느꼈다.

아니, 몸이 뜨거운 것은 분노보다는 수치심 때문이었다. 줄곧 싫다며 노래를 불렀던 상대에게, 사실은 좋아한다는 사실을 들키고 말았다. 앞으로 어떻게 같이 살아가야 할지 앞이 막막했다.

——아, 아니지……? 안 들킨 거지……?

아카네는 겁에 질린 채 공부방 문을 열었다.

거실에 남겨진 사이토는 소파에서 머리를 쥐어뜯고 있었다.

"나는…… 선택을 잘못한 걸까……."

아까의 아카네는 아무리 봐도 질겁한 얼굴이었다. 달려갈 때의 얼굴은 혐오나 경멸을 넘어서서 끔찍한 표정이었다.

"하아~, 오빠도 참. 다 망쳐버렸네♪."

갑자기 마호가 등 뒤에서 달라붙어 와 사이토는 흠칫 놀랐다.

"어디서 나온 거야?!"

"계속 집 안에 숨어서 봤어. 그보다…… 오빠……."

마호는 뺨을 손바닥으로 감싸 안고 활짝 웃는다.

"엄청 기분 나쁘더라♪."

"아아아아아아!"

사이토는 지옥의 업화와도 같은 수치심에 사로잡혔다.

"나도 어렴풋이 그렇게 느끼긴 했는데…… 그렇게나 불쾌했어……?"

마호가 발랄하게 고개를 끄덕였다.

"응! 엄청나게! 인간 국보의 반대말로 인간 공해? 언니는 토할 것처럼 보였고, 나도 토할 것 같았어!"

"그만해…… 정도라는 것도 모르냐고……."

가뜩이나 대미지를 심하게 받은 상황에 또 다른 대미지가 늘어갔다.

마호는 사이토의 무릎에 옆으로 걸터앉은 채 그의 목에 팔을 감쌌다.

"뭐, 괜찮아! 언니한테 미움받아도 오빠한테는 나도 있잖아! 아무리 징그러운 오빠라도 나는 아무 문제 없어! 하룻밤에 몇 번이라도 가능해!"

"일단 무릎에서 내려와."

"에이, 왜? 오늘은 시짱도 없고, 여긴 내 장소잖아?"

마호의 가느다란 손가락이 사이토의 가슴을 더듬듯이 미끄러져 갔다. 마호는 포식자의 미소를 지으며 붉은 입술을 핥았다.

"집 밖으로 던진다."

사이토는 마호를 안고 일어서려고 했다.

"싫어~♪ 그런 곳을 만지다니 오빠 엉큼해♪."

마호가 사이토의 얼굴을 끌어안고 즐겁다는 듯 웃었다. 짓눌리는 마호의 가슴. 교복 천을 통해 부드러운 감촉과 달콤한 소녀의 냄새가 풍겨왔다.

"자, 냄새 좋지? 마음껏 들이마셔도 되는데, 오빠?"

"그런 짓 안 해."

"무리해서 버티긴~♪ 사실은 흥분한 주제에~♪."

마호는 사이토의 이마에 자신의 이마를 대고는 요염한 눈빛으로 바라봐왔다. 입술은 매끄럽게 젖어 있었고 어린 몸에서는 진한 열기가 감돌고 있다.

"흥분한 건 너네."

"맞아♪ 오빠랑 꽁냥거리면 야한 기분이 들거든. 자, 이 대로 넣어버리자?"

"대체 뭐를!"

"알잖아?"

마호는 애태우듯 작은 허리를 사이토의 허리에 문질러 댔다.

"너 진짜……."

슬슬 진심으로 떼어내지 않으면 점점 더 기어오르겠다.

사이토가 그렇게 생각했을 때였다.

거실과 주방 입구에 아카네가 서 있는 것이 보였다.

아카네의 눈동자에 비치는 것은 허무. 분노나 미움 같은 속세의 감정을 초월한 한없이 투명에 가까운 제로였다.

"……좋은 시간 보내."

아카네는 사이토에게 눈길조차 마주치지 않고 조용히 떠나갔다.

"기다려! 오해야! 어떤 오해를 하는 건진 모르겠지만 오해야!"

사이토는 손을 뻗어 붙잡으려 했지만, 아카네는 멈추지 않았다.

계단을 뛰어올라 공부방의 문을 닫는 소리. 쿵쾅쿵쾅 무언가를 때리는 소리. 2층에는 맹수가 탄생하고 있었다.

"정말~, 오빠도 참. 오해는 아니잖아? 언니의 허락도 떨어졌으니 오늘 밤은 눌어서 잔뜩 즐기자 ♪."

마호는 한껏 달아오른 채 사이토에게 매달렸다.

등교한 사이토는 4층 복도에서 아카네와 우연히 마주쳤다.

"……!"

사이토의 얼굴을 보자마자 아카네는 멈춰서더니 이내 등을 돌리고 달려가 버렸다. 마치 귀신이라도 본 사람인 양 달리기 시작하더니 순식간에 아카네의 모습은 사라지고 없었다.

결혼하기 전에는 매일 대화를 했고(다툼으로), 결혼하고 나서는 집에서도 매일 대화를 했기 때문에(다툼으로) 단순히 피하는 것은 처음 있는 경험이다.

──나는…… 싸움이라도 좋으니까 아카네와 이야기하고 싶은 건가……?

그렇다면 중증이다. 무시당하는 것보다 싸움을 거는 편이 낫다니, 관심받고 싶은 어린애도 아니고. 고고한 솔로 플레이어를 선호하는 사이토로서는 정말이지 생각지도 못한 전개였다.

"하아……."

사이토는 베란다 난간에 기대어 한숨을 내쉬었다.

"무슨 걱정거리라도 있어?"

히마리가 교실에서 나와 사이토의 얼굴을 들여다보았다. 아침의 쨍한 햇살에 반짝이는 금발과 발육 좋은 몸에 걸쳐진 순백의 제복의 아름다웠다.

"아카네가 학교에서도 집에서도 나를 벌레 취급하고 있어……."

"아, 아직도 계속되고 있구나."

즐겁다는 듯 웃는 히마리.

"웃을 일이 아니야. 공기가 최악이라 위는 아프고 밤에는 잠도 잘 못 잔다고."

"스트레스겠네. 내가 위로해줄까?"

히마리가 사이토의 뒤로 돌아서서 부드럽게 목과 어깨를 주물렀다……까지는 좋은데 거리가 쓸데없이 가깝다. 히마리의 가슴은 사이토의 등에 밀착돼 있고 짧은 한숨 소리도 들려왔다.

사이토는 어쩐지 진정되지 않는 기분이었다.

"너무 달라붙지 마."

"왜?"

"가슴이…… 닿잖아."

"알아."

키득키득 히마리가 미소 지었다. 존재감이 너무나도 강한 가슴이 더욱 강하게 사이토의 등으로 밀려왔다.

"알면 그만해."

"사이토 군이랑 나 아직 연인 사이인 걸로 되어 있잖아? 연인이라면 이런 일을 하는 건 보통 아냐?"

"큭……."

"반박 못 하겠지?"

"……맞는 말이긴 하네."

"머리 좋은 사이토 군이 반박을 못 한다니 별일이네. 좀 기쁠지도?"

약간 짓궂은 말투의 히마리.

가는 손가락이 사이토의 목에 파고들어 천천히 쓰다듬 듯이 풀어준다. 절묘하게 경혈을 찔러오는 마사지에 잠이 부족한 사이토는 졸음을 느꼈다.

"은근히 잘하네……."

"아카네는 옛날부터 공부만 하느라 어깨 결림이 심했거든. 그래서 자주 안마해줬어. 아카네의 기분 좋은 곳은 나만 알고 있지."

"너희들 이미 사귀는 거지?"

"에헤헤, 글쎄~?"

히마리는 부정도 하지 않았다.

아카네와 히마리의 관계는 부부 이상으로 부부다운 구석이 있었다. 오랜 세월 그 아카네와 원만하게 지내온 히마리의 소통 능력은 그야말로 최강일 것이다.

"고마워. 많이 좋아졌어."

"천만에."

히마리가 사이토 옆에 나란히 섰다. 난간에 팔꿈치를 걸친 히마리의 긴 머리칼이 산들바람에 휘날렸다.

"저기, 사이토 군. 아카네가 왜 사이토 군을 피하는지 알려줄까?"

"알아?"

"그럼. 친한 친구니까. 알고 싶어?"

"제발 알려줘!"

사이토가 히마리 쪽으로 몸을 내밀었다.

"다만…… 보상을 받고 싶은데."

히마리는 자신의 입술을 손가락으로 덧그리며 가만히 사이토를 바라보았다.

그녀의 빤히 보이는 행동에 사이토는 역 앞 광장에서 있었던 일을 떠올려 버렸다. 주황색 가로등 불빛을 받은 채 사이토에게 입술을 겹친 히마리. 그 부드러운 감촉마저 생생하게 되살아났다.

"키스는 좀……."

사이토가 망설이자 히마리가 우습다는 얼굴로 입술을 삐죽였다.

"나 키스해달라고 안 했는데? 사이토는 또 하고 싶어?"

"하고 싶을 리가 없잖아!"

"아, 그렇게 말하면 상처받는데. 나랑 한 키스, 기분 나빴어?"

"그게 아니라……."

배려가 부족했다는 생각에 사이토는 반성했다.

히마리는 사이토의 귓가에 입을 대고, 직접 심장에 닿는 것 같은 목소리로 속삭였다.

"그럼…… 기분 좋았어?"

"……!"

사이토는 말문이 막혔다.

그때 전혀 싫은 느낌이 들지 않았던 것이다. 두근거렸다. 히마리처럼 인격도 외모도 매력적인 소녀가 다가오는데 불쾌할 리가 없다.

사이토의 표정으로 그의 심정을 헤아린 것인지 히마리는 흐뭇한 미소를 지어 보였다.

"미안해, 놀려서. 상은 키스가 아니라도 괜찮아."

"뭐가 갖고 싶은데……?"

자세를 잡는 사이토.

"공부, 알려줬으면 좋겠어."

"그거라면 선혀 상관없어. 방과 후에 도서실에서 만나자."

"도서실 말고 우리 집이 좋겠어."

"밀실은……."

히마리는 가슴 앞으로 두 손을 맞잡고 진지하게 호소했다.

"사람이 많으면 공부에 집중할 수가 없어. 모처럼 사이토 군이 가르쳐주는데 머리에 안 들어오면 아깝잖아?"

"정말 그것뿐이야?"

히마리의 눈을 빤히 쳐다보는 사이토.

"정말 그것뿐이야!"

자신 있게 장담하는 히마리. 그 눈동자에 거짓은 없었다.

공부에 의욕을 보인다면 제대로 응원해 주고 싶다. 히마리 같은 좋은 아이가 인생에서 실패하는 모습을 사이토는 보고 싶지 않았다.

"……알았어. 대신 네 머리에 철저하게 지식을 넣어주지. 도중에 피곤하다고 해도 용서하지 않을 거야."

"응! 사이토 군과 밤새 노력할게!"

"밤은 안 샐 거야!"

"도중에 멈춰달라고 해도 안 멈추는 거지? 사이토 군…… 꽤 짐승이네."

히마리가 뺨을 붉힌다.

──정말 공부만 하는 거 맞지……?

사이토는 걱정이 되기 시작했다.

방과 후 사이토는 히마리와 함께 교실을 나섰다.

학생들은 두 사람이 사귄다고 생각하고 있었기에 그들이 같이 돌아가도 놀라지 않았다. 오늘도 사이좋다든가, 데이트는 어디 가느냐든가, 야유하는 듯한 소리는 들리지만 대체로 호의적인 시선을 보내왔다.

위장 연인을 부탁할 당시 사이토는 히마리의 팬인 남자들에게 자주 죽임을 당할 뻔했고, 괴문서가 신발장에 가득 차는 것도 일상이었지만 이제는 다들 받아들인 것 같았다.

체념했다는 말이 더 가까울지도 모른다. 실제로는 교제하지 않으니 팬 남자들에게 사이토는 약간의 죄책감을 느꼈다.

현관 신발장에서 아카네가 신발을 갈아 신고 있었다.

"아카네! 내일 봐!"

히마리가 손을 흔들며 환하게 인사했다.

"……내일 봐."

아카네가 휙 고개를 돌리며 떠났다.

순간 두 사람 사이에 불꽃이 튄 것 같다고 느낀 사이토.

──기분 탓이겠지……?

싸우려는 듯한 기색은 없었지만 어쩐지 히마리는 좀 기세등등한 표정을 짓고 있었다. 그리고 아카네는 여전히 사이토와 눈을 마주치지도 않았다.

사이토는 다시 한번 낙심하며 히마리와 통학로를 걸었다.

두 사람은 맨션 3층으로 엘리베이터를 타고 올라갔다. 히마리가 집 문을 열었다.

타인의 집이라는 것은 오묘하다. 사는 사람들은 모르는데 그 집 특유의 냄새가 있다. 히마리의 달콤한 냄새가 섞인 공기가 실내에서 흘러나오자 사이토는 긴장했다.

입구에 멈춰선 사이토에게 히마리가 웃으며 재촉했다.

"자, 사이토. 들어와."

"아, 으응. 부모님은 계셔?"

사이토는 구두를 벗고 현관으로 들어갔다.

"없어. 부모님이 계시면 여러모로 방해받을지도 모르 잖아?"

"여러모로라니……?"

"여러모로."

히마리는 사이토의 몸 너머로 팔을 뻗어 현관문을 닫았다.

금속의 잠금 소리가 고요한 실내에 크게 울려 퍼졌다. 그 소리가 단둘뿐인 공간임을 강하게 의식시켰고, 사이토 는 히마리 향기가 짙어지는 것을 느꼈다.

히마리 방에 있는 유리 테이블에 교과서와 공책을 올려 두고 두 사람은 공부를 시작했다.

별실에서 히마리는 옷을 갈아입고 왔다. 하의가 실종됐 었던 지난번과는 달리 오늘은 나시티와 반바지 세트.

속옷이 보일 위험성은 없다……까지는 좋지만 나시티가 너무 짧아 배꼽이 들여다보였다. 풍만한 가슴과는 대조적 으로 가느다란 허리의 잘록함, 드러난 고운 어깨는 향유를 바른 듯 윤기가 돌았다.

사이토의 예상과는 달리 히마리는 의외로 성실하게 공 부에 임했다. 수업이나 숙제에서 몰랐던 부분을 히마리가 물어보고 사이토가 알기 쉽게 설명했다.

기본적인 머리는 나쁘지 않으니 제대로만 알려주면 잘 이해하고 기억한다. 자력으로 심리학 전문서를 통독하여 반 친구들을 통제하고 있을 정도이니 당연하다면 당연했다.

교과목이 일단락되고 사이토가 스마트폰 시계를 보니 벌써 두 시간이 지나 있었다.

"슬슬 쉴까?"

"괜찮아?"

안도한 얼굴을 하는 히마리.

"네 집중력이 점점 떨어지는 것 같아. 잠깐 쉬고 다시 시작하는 게 좋겠다."

"살았다~."

히마리는 침대에 뛰어오르더니 엎드린 채 베개에 얼굴을 파묻고 그대로 움직이지 않았다.

시트 위로 거침없이 뻗은 몸. 모양 좋은 엉덩이가 언덕을 이루고 새하얀 허벅지 안쪽은 색기가 흘렀다.

사이토는 자신의 책가방에서 추리 소설을 꺼내 중간부터 읽으려고 했다.

하지만 좀처럼 문장이 머리에 들어오지 않았다. 동급생 여자, 게다가 사이토를 좋아하는 소녀의 방 안에 있다는 상황이 가슴을 술렁이게 했다.

"……저기."

"웃?!"

꾹 하고 목덜미를 찔러오는 손길에 사이토의 어깨가 흠

칫했다.

"뭐야……?"

소름이 돋아 돌아보니 침대에 누운 히마리가 미소를 짓고 있었다.

"사이토 군도 여기서 같이 쉴래?"

"나는 책 읽느라 바빠."

"아까부터 전혀 페이지가 나아가질 않는데?"

"같은 문장을 반복해서 음미하고 있어."

"그렇구나. 사실은 내 방에 와서 의식한 거지?"

정곡을 찔린 사이토는 입을 다물었다. 벽시계의 초침 소리가 요란하게 울리고 있다. 그 이상으로 시끄러운 것은 자신의 심장 소리다.

"괜찮지 않아……? 아카네와도 매일 밤 하고 있지? 그럼 나랑도…… 응?"

히마리가 부드럽게 사이토의 팔을 잡아당겼다. 여느 때와 마찬가지로 온화한 표정이지만 입가에는 유혹하는 듯한 빛이 감돌고 있다.

"할배가 내건 결혼 조건 때문에 어쩔 수 없이 같이 잠만 자는 것뿐이야. 딱히 이상한 짓을 하고 있진 않아."

"그럼 이것도 이상한 건 아니잖아?"

"그건…….."

"그렇지? 아카네랑도 같이 자고 있을 뿐, 나랑도 같이 자는 것뿐이니까."

"그렇…… 지……?"

어쩐지 납득이 가지 않지만, 논리의 문제점은 찾아볼 수 없었다. 그리고 감정보다 논리적 사고를 중시하는 사이토로서는 이치에 맞는다면 반대할 이유도 없었다.

사이토는 히마리와 거리를 두고 침대에 누웠다.

결코 이상한 일이 아님에도 동급생 여자의 침대에 누워 있다는 것은 묘한 기분이 들었다. 이불에도 베개에도 히마리의 냄새가 배어 있어 마치 히마리에게 온몸이 감싸인 듯한 기분이었다.

히마리가 사이토 쪽으로 데굴데굴 굴러왔다. 일본인 같지 않은 화려한 미모가 사이토 가까이 다가왔다.

"너, 너무 가까이 오지 마."

"왜? 아카네랑 자고 있을 때도 침대 끝과 끝에 떨어져 있어? 일이나면 몸이 붙어 있거나 하는 일 없어?"

상냥한 어조임에도 사이토는 심문을 받는 기분이 들었다. 아니, 이건 분명히 심문이다. 절친 아카네에게 사이토가 허튼짓한 것은 아닌지 엄하게 추궁하는 것이다.

"가끔…… 붙어 있기도 합니다."

사이토는 자백하는 범인의 심정으로 말했다.

"그럼 나랑 붙어 있어도 이상한 건 아니지?"

"반박은 할 수 없네."

"후후. 그럼 실례할게~."

히마리가 기쁘게 사이토의 몸에 착 달라붙었다. 노출된 허벅지가 사이토의 허리에 휘감기며 히마리 쪽으로 끌어당겼다.

"역시 좀 지나치지 않나?!"

"괜찮아…… 둘 다 옷도 입고 있고……."

"그런 문제야?!"

히마리가 나시티의 어깨끈을 움켜쥐고 슬쩍 내린다.

"사이토가 벗길 원한다면 벗어도 되는데? 서로의 피부가 밀착되면 마음이 더 편해질 테니까 더 빨리 체력이 회복되지 않을까?"

"반대로 체력을 다 써버리는 결과가 될 것 같은데……."

"그거, 날 덮친다는 뜻?"

실언했다고 생각하며 사이토는 후회했다.

"나도 참는 데 한계가 있다는 거야."

"나랑 그런 거 하는 거, 싫지 않구나?"

"히마리는 굉장히 매력적인 여자야. 그건 부정할 수 없어."

"기쁘다……."

히마리는 사이토의 어깨에 이마를 가져갔다. 그 귓불은 새빨갛게 물들어 있다.

점점 달콤하고, 짙어지고, 과열되어 가는 방 안의 공기에 사이토는 현기증이 날 지경이었다.

"굳이 안 참아도 되는데. 나…… 아무한테도 말 안 할게? 아카네에게도 비밀로 해둘 테니까…… 응?"

히마리가 사이토의 턱에 손끝을 미끄러뜨렸다. 그녀의 눈동자는 달뜬 정욕에 젖어 있었다. 관능적인 입술이 반쯤 벌어진 채 사이토의 입술을 삼키려 했다.

그때 현관문이 열리는 소리가 났다.

움찔하는 사이토와 히마리. 침대에서 몸을 맞댄 채 경직됐다.

"망했다…… 그 사람이 돌아왔나 봐."

"누구?"

"리에코 씨. 아빠 재혼 상대."

히마리는 서둘러 흐트러진 옷매무새를 고쳤다.

두 사람은 허둥지둥 침대를 내려와 제대로 테이블 앞에 앉았다.

꺼림칙한 일은 아무것도 하지 않았지만, 동급생과 침대 위에 있는 모습을 부모에게 보이는 것은 여러모로 문제가 많았다.

다급한 발소리가 다가오더니 방문이 열렸다.

30대 정도의 여성이 미간에 주름을 잡고 서 있다. 가는 프레임 안경에 꽉 묶은 검은 머리. 복장은 히마리와 달리 수수하고 신경질적인 분위기다.

"히마리. 그 사람은?"

리에코가 사이토를 응시했다.

"같은 반의 호조 사이토 군."

작은 소리로 대답하는 히마리.

"부모가 없을 때 남자를 집에 들이다니 믿을 수가 없구나. 평소에는 경박한 차림을 하고 다니더니 이번에는 불순 이성 교제니? 그런 지저분한 짓을 할 틈이 있다면 공부나 더 하렴. 안 그래도 머리가 나쁜데 학업을 제쳐놓고 아르바이트를 하는 것도 이상해. 이 사회에서 바보는 제대로 살아갈 수 없단다, 내 말 알아듣겠어?"

리에코는 위에서 짓누르듯 일방적으로 말했다.

히마리는 가만히 입을 다문 채 침묵했다.

"가만히 있지 말고 변명이라도 해보지 그러니?"

"……죄송합니다."

"그게 아니라. 넌 네 미래에 대해 어떻게 생각하는지, 지금 상황을 어떻게 생각하는지 제대로 설명해 보란 말야."

"죄송해요. 전부 제가 잘못했어요."

"너 정말……!"

목소리를 높이는 리에코.

남의 집 사정이라고는 하지만 사이토는 더는 보고 있을 수 없어서 도중에 끼어들었다.

"히마리는 제대로 공부를 하려고……."

"됐어, 사이토. 가자."

히마리는 사이토의 손을 잡아끌고 자기 방을 나갔다.

"거기 서!"

리에코가 고함을 쳤지만, 히마리는 멈추지 않고 사이토를 데리고 현관을 뛰쳐나갔다.

내려가는 엘리베이터 안에 답답한 공기가 가득했다.

"왜 말을 안 해? 우리가 공부하고 있었다는 거."

"말대꾸하면 그 사람은 더 화만 낼 테니까."

"그럴 리가. 말하면 알아주시겠지."

"사이토 군의 아빠랑 엄마는 얘기하면 알아주셨어?"

"……."

사이토는 할 말이 없었다.

이해를 논하기 이전에 사이토와 부모 사이에는 대화라는 것이 존재하지 않았다. 리에코처럼 아이를 꾸짖지도 않았던 것이다.

어색한 채로 엘리베이터는 지상에 도착했고 사이토와 히마리는 주택가를 걸었다. 곧 주택이 사라지고 시끄러운 도로가 나왔다.

"미안해. 모처럼 공부를 알려주러 와줬는데."

"난 상관없는데…… 이제 어쩌려고?"

"글쎄, 어쩔까."

히마리는 어깨를 으쓱하며 웃었다.

길을 잃은 듯한 모습 주위로 고독감이 감싸고 있어 사이토는 가슴이 답답해졌다. 평소에는 유달리 밝은 소녀라서 더욱 그 차이가 심하게 느껴졌다.

"나는 노래방에서 시간이나 때울까. 사이토 군은?"

히마리의 두 눈에 버리지 말라는 호소가 배어 있었다.

자신은 집에 가겠다며 감히 내팽개칠 수 있다는 사람은 누구도 없으리라.

"나도 같이 갈까."

"정말?! 좋다! 사이토 군이랑 노래방 데이트~♪."

히마리는 사이토에게 팔짱을 낀 채 큰 목소리로 말했다.

하지만 들뜬 것은 겉모습뿐이다. 사이토의 팔을 감싸는 히마리의 팔에서는 애정보다도 더 깊은 두려움이 전해졌다.

이 소녀는 무엇에 겁을 먹고 있는 것일까. 혼자가 되는 것일까, 아니면 현실과 마주하는 것일까. 히마리의 얼굴은 굳어 있었고 시선은 허공에서 얼어붙었다.

두 사람은 길가에 세워진 노래방에 들어갔다.

3층 코너 방. 저녁 시간이 가까워지며 손님이 많아진 탓에 비어 있던 곳은 좁은 방뿐이었다. 작은 모니터와 테이블에 간신히 앉을 수 있을 정도의 소파. 둘이서 나란히 길터앉으면 몸이 닿을 것 같았다.

"곡 넣을래?"

"부르고 싶은 곡은 없는데."

"나도."

히마리는 테이블에 얼굴을 숙였다. 금발이 테이블 끝에서 흘러내리며 희미하게 달콤한 냄새를 풍겼다. 하얗고 가느다란 손가락이 무기력하게 늘어져 있다.

모니터에서는 뮤지션들이 신곡 발표 인터뷰에 답하고 있었다. 그 능청스러운 대화가 사이토는 어쩐지 듣기 싫었다.

모니터 전원을 끄자 옆방에서 어설픈 노랫소리가 들려왔다. 뭐가 그렇게 즐거운지 모르겠지만, 거슬린다.

사이토는 답답한 방을 나와 복도의 드링크 바 코너로 갔다. 각종 주스부터 수프, 소프트아이스크림까지 다양한 제품이 준비되어 있었다.

사이토는 히마리가 마실 핫 코코아를 준비하고 자신은 콜라를 따랐다. 이상하게 목이 말라서 한 잔을 다 마신 뒤 한 잔을 더 따라서 방으로 돌아갔다.

"마실래?"

사이토가 코코아 컵을 내밀자 히마리가 고개를 들었다.

"아, 응! 고마워."

컵을 받아 후후 식힌 다음 코코아를 마신다.

"하아……"

한숨을 내쉬는 히마리. 아주 조금 표정이 풀어졌다.

"내가 코코아 좋아하는 거 알고 있었네."

"자주 학교 자판기에서 사 먹었잖아."

"사이토 군은…… 상냥해."

"상냥하진 않지만, 히마리가 우울해하는 모습을 보긴 싫으니까."

히마리가 뺨을 붉혔다.

"……사이토 군 늑대."

"어디가?!"

"나를 두근거리게 하는 걸 너무 잘해. 일부러 그러는 거지."

삐진 얼굴로 노려보는 모습이 귀여웠다.

"일부러 그런 건 아니야."

"그러면 천연이구나. 사이토 군에게 반해버린 애들이 불쌍해."

"나한테 반할 만한 괴짜는 너 정도겠지."

마호도 매번 좋다고 말하지만, 그 소녀는 진심인지 아닌지도 모르겠고, 어느 쪽인가 하면 장난꾸러기 여동생 같은 모습이었다.

히마리는 입가를 누른 채 키득키득 웃었다.

"그러게. 나를 놓치면 사이토는 평생 야한 짓을 못 할지도 모르겠네."

"그런 소리 하지 마!"

"왜? 아카네가 해주고 있어?"

"그런 일은 전혀 없지만……."

"사이토 군은 욕구불만 같은 거 없어? 난 그런데. 늘 사이토 군을 생각하면…….”

히마리가 사이토의 손을 잡아 자신의 허벅지에 얹었다. 고요한 그녀의 열기가 전해져 왔다. 히마리는 긴장한 듯 입술을 깨물고 있다.

유혹을 받고 있다는 것은 사이토도 알았다.

손바닥에 느껴지는 허벅지의 둥글고 건강한 탄력감이 생생히 느껴졌다. 에어컨이 켜져 있을 텐데도 사이토의 몸은 뜨겁기 이를 데 없었다.

히마리의 유혹을 뿌리치듯 화제를 돌렸다.

“……내일도 학교 가니까 너무 늦게 들어가면 안 좋아.”

“하지만 돌아가면 혼날 텐데.”

“아빠가 있는 시간에 돌아가면 되지 않을까? 편들어 주실 거 아냐.”

“아빠는 그 사람 편이고 두 사람한테 혼날 뿐이야, 그 집에 내 편은 없어.”

히마리의 눈동자에는 체념이 짙게 배어 있었다.

“뭐…… 우리 집에도 아군은 없었지만…….”

집에 가기 싫은 히마리의 심정을 아플 정도로 알고 있으니 억지를 부릴 수도 없었다. 사이토에게도 친정은 안심할 수 있는 곳이 아니었다.

“사이토 군…… 외롭지. 나도 외로워. 그러니까 같이 서로 위로해주자. 우릴 이해할 수 있는 건 우리뿐이야.”

히마리는 사이토에게 어깨를 기대왔다.

심장이 맞닿아 있는 듯한 거리와 감각에 사이토는 가슴이 욱신거리는 것을 느꼈다. 이 공간은 위험하다. 그리고 히마리의 말도.

이것은 감미로운 타락으로의 초대장이다.

"상처를 서로 위로해봐야 달라지는 건 없어."

"사이토 군의 상처라면 위로해주고 싶고, 나도 위로받고 싶어. 두 사람이라면 분명 기분 좋을 거야."

히마리는 사이토의 귓가에 속삭였다.

오늘 밤도 또, 사이토의 귀가가 늦었다.

주방 테이블에서 아카네는 진정되지 않는 마음을 억누르고 있었다.

최근에는 부끄러워서 사이토를 피하고 있었고, 지난번엔 숯을 먹게 했으니 적어도 요리 정도는 열심히 해야겠다는 생각에 사이토가 좋아하는 음식을 많이 만들어두었다.

그런데 아무리 기다려도 사이토는 돌아오지 않았다. 스마트폰으로 보낸 메시지에도 답이 없다. 기합을 넣어 만든 요리는 이미 식어 버렸다.

──어렸을 때 같아…….

당시에도 아카네는 부모님의 귀가를 기다리고만 있었다.

마호의 치료비를 벌기 위해 맞벌이를 하는 부모는 야근

이 많았다. 아카네의 생일이라 일찍 돌아가겠다고 약속한 날도 마호의 몸 상태가 안 좋아져서 취소됐다.

부모님이 병원에 머무는 탓에 혼자 생일 케이크를 먹어야 했을 때는 역시 아카네도 테이블에 웅크려 앉아 흐느꼈다.

마호와 부모님의 고통은 알고 있었지만, 그렇다 해도 이제 갓 10살밖에 되지 않은 소녀도 혼자 있는 것엔 한계가 있었다.

그리고 결혼해서도 아카네는 계속 사이토가 돌아오기만을 기다리고 있다.

"……난 언제까지나 기다릴 뿐인 걸까."

불쑥 중얼거렸다.

가슴에 커다란 구멍이 뚫린 느낌이었지만 그 틈을 메울 방법을 알 수 없었다. 사이토가 어디서 무엇을 하고 있는지 머릿속에서 불쾌한 상상이 소용돌이치며 멈추지 않았다.

사이토를 싫어한다면 걱정하지 않아도 될 텐데.

하지만 좋아하게 되고 말았다.

그래서 현관문 열리는 소리만 들려도 이렇게 가슴이 뛰는 것이다.

아카네는 사이토를 맞이하러 현관까지 달려가고 싶지만, 꾹 참았다. 기뻐하는 것을 들키는 것은 어쩐지 분했다.

"미안, 늦었지."

거실에 들어온 사이토에게 일부러 더 무뚝뚝한 표정을

지어 보였다.

"이제야 돌아왔네. 밥, 다 됐어."

"아아, 피곤하니까 내일 일어나면 먹을게."

"어……?"

들뜨던 마음이 다시금 밀려났다.

저녁 식사 때 정도는 사이토와 편안하게 대화할 시간을 낼 수 있을 것 같았는데. 요즘 대화도 제대로 못 했으니까, 절호의 기회였는데.

"나 샤워하고 올게. 아카네는 먼저 자도 돼."

사이토가 거실에서 나가려고 했다.

이대로면 정말 두 사람의 시간이 사라져 버릴 것이다. 그저 동거인, 자고 일어나는 장소를 공유하는 관계가 되어 버릴 것이다.

"사이토!"

아카네는 참지 못하고 사이토에게 소리쳤다.

"뭐, 뭐야?"

뒷걸음질하는 사이토.

벽 쪽에 몰아붙이고 더는 도망가지 못하도록 아카네는 벽에 손을 쿵 내리쳤다.

"가, 같이, 시간……."

"시간……?"

사이토가 고개를 갸우뚱했다.

아카네는 심장이 격하게 뛰는 것을 느꼈다. 솔직한 말을 입에 담는 것은 무서웠고, 긴장으로 무릎이 떨렸고, 목소리도 잘 나오지 않았다.

"조, 조금은…… 같이 시간…… 보내고 싶어. 뭔가, 같이……."

간청하는 모습에 스스로가 꼴사나워 뺨이 타올랐다. 사이토에게 거절당하면 어쩌나 불안해서 눈물까지 배어 나왔다.

"나도 같은 생각을 하고 있었어."

"무, 무슨 소리야?"

"그러니까 아카네랑 같이 시간을 보내고 싶다는 거 말야."

"……!"

같은 마음이었다. 그것만으로도 무릎에 힘이 빠질 것처럼 기뻤다.

이것이 누군가를 좋아한다는 마음일까. 사이토의 말 한 마디 행동 하나에 마음이 흔들려 감정이 진정되질 않았다. 롤러코스터를 타는 것처럼 몸이 한계까지 내몰렸다.

사이토가 미소 지었다.

"뭘 하고 싶어? 아카네의 희망에 맞출게."

"어? 그런, 갑자기 그렇게 말해도……."

아카네는 당황했다. 잠깐 얘기하는 것만으로도 좋을 것 같았는데, 그런 말을 들으니 욕심이 났다.

──뭐가 좋을까?! 고양이 카페?! 하지만 출입 금지당했는데! 영화관에 갈까?! 하지만 영화는 집에서 보는 게 저렴하잖아!

혼란스러움에 눈을 이리저리 굴리던 와중 TV가 시야에 들어왔다. 마침 나오고 있는 것은 레저 수영장 CF였다.

"수영장 같은 곳은 어때?!"

아카네는 자기도 모르게 입을 열었다.

──설마 OK를 받을 줄은 몰랐는데.

아직도 가시지 않은 놀라움을 안고 아카네는 방과 후 교실에서 돌아갈 채비를 했다.

전에 사이토와 쇼핑을 하러 간 적은 있었다. 그것도 엄밀히 말하자면 데이트라고 말하지 못할 것은 아니지만…… 여자와 남자가 둘이서 수영장에 가는 것은 완전한 데이트다. 파렴치했다.

사고라고는 해도 자신이 그런 것에 남자아이를 불렀다는 것이 믿을 수 없었고, 승낙해 준 사이토도 믿을 수 없었다.

──분명 야한 걸 기대하고 있는 게 분명해! 글러 먹은 남자야!

그렇게 생각하면서도 아카네도 뺨이 느슨해지는 것을 억누를 수 없었다. 둘이서 수영을 하거나 유수풀에 몸을 맡기거나 빙수를 먹는 모습을 상상하고 만다.

그러나 문제는 수영복이다.

학교 지정 수영복은 가지고 있지만, 초등학생도 아닌 이상 역시 그걸 입고 레저 수영장에 가는 것은 부끄러웠다. 사이토에게 완전히 무시당할 것 같았다.

히마리와 놀 때 쓰던 수영복은 사이즈도 맞지 않고 데이트용으로는 너무 수수해 보였다.

──새 걸 사는 편이 좋을까……. 어떤 게 좋지……?

끙끙 고민하는 아카네 뒤로 무언가가 달려왔다.

"언니!"

"꺄악?!"

놀라서 돌아보니 마호가 해맑은 얼굴로 아카네의 얼굴을 들여다보고 있었다.

"왜 무서운 얼굴을 하고 있어?"

"뒤에서 불시에 덮치지 마…… 반사적으로 쓰러뜨릴지도 몰라."

"괜찮아! 그때는 나도 전력으로 싸울 테니까!"

"나는 너랑 싸우고 싶지 않아……."

"하지만 해야 할 때도 있잖아…… 그렇지? 그게 운명인 거지?!"

눈을 반짝반짝 빛내는 마호. 아카네는 여동생이 하는 말을 이해할 수 없었다.

그렇지만 지금의 고민을 상담하기에는 마호가 최적이

었다.

"마호는 센스 있게 잘 꾸미는 편이지?"

"물론이지! 나는 이 학교의, 아니, 이 우주의 패션 리더니까! 파리 위크의 창시자도 실은 나야!"

"굉장하다!"

"그렇지?! 파리 위크의 사천왕을 엎어치고 매치고, 엎어치고 매치고…… 그렇게 해서 파리 위크 여왕의 자리에 올라선 것이 바로 나!"

"그런데 파리 위크가 뭐야?"

자율학습을 거르지 않는 아카네에게 모르는 단어가 있다는 것은 그냥 넘길 수 없는 일이었다.

마호는 검지를 뺨에 대고 말했다.

"언니, 설마 파리 위크를 몰라? 잔뜩 힘을 준 사람들이 멋을 전투력으로 바꿔 싸우는 전 인류 최강의 자리를 건 발리 투두라고!"

"…………대단하다!"

발리 투두의 뜻도 모르는 아카네지만, 이 이상 무지를 드러내면 언니의 위엄이 훼손될 것 같아 잠자코 감탄하고 말았다. 돌아가면 사전에서 찾아봐야지.

패션에 관해서는 이 여동생을 따라가면 실수할 일은 없을 것이다. 언니의 눈으로 봐도 마호는 언제나 귀엽게만 보인다. 개인적으로 보면 세상에서 가장 귀여운 것은 마호라고 생각한다. 아니, 전 인류에게도 그것은 똑같을 것이다.

평소 같으면 히마리와 상의했겠지만, 이번만큼은 의지할 수 없었다. 히마리에게는 사랑의 라이벌이라며 선전포고를 해 버렸다. 라이벌에게 도움을 요청할 수는 없는 노릇이었다.

"예쁜 옷을 찾고 싶은데 같이 쇼핑하러 가지 않을래? 마호의 조언을 참고하고 싶어서."

마호가 크게 기뻐하며 달려들었다.

"와아, 갈래, 갈래! 언니 옷 갈아입히기 인형으로 만들어 버릴래!"

"옷 갈아입히기 인형은 안 될 거야!"

"될 거야! 입으로는 싫다고 해도 몸은 할 수 있어! 내가 머리끝부터 내장 뒤까지 예쁘게 코디해줄게!"

"내장 뒤의 귀여움은 필요하지 않아!"

"남에게 보이지 않는다고 방심하는 순간 지는 거야! 실수로 뱃속이 살짝 보일 수도 있잖아!"

"위내시경을 할 예정은 없어!"

아카네와 마호는 학교를 나와 다섯 정거장 떨어진 상가로 향했다.

보행자 거리에 늘어선 옷가게나 액세서리 가게, 화장품 가게에 란제리 가게. 이쪽 상가는 통학로에 가까운 상가보다 가게 종류가 더 다양했다.

마호는 아카네의 손을 잡고 대로변에 있는 쇼윈도를 바라보았다.

"언니는 페미닌 계열 사복이 많지만 가끔은 화려한 계열도 좋지. 분위기를 바꿔서 페전트룩이라던가~ 아, 머스큘린룩도 괜찮을지도?"

들뜬 마호에게 아카네는 고민하다가 진실을 전했다.

"저, 저기……. 내가 고르고 싶은 건 그냥 평범한 옷이 아니라……."

"어? 옷 아니야? 뭔데?"

마호가 고개를 갸우뚱했다.

"그…… 수영복이야."

아카네가 모깃소리로 말했다.

"오케이! 언니에게 어울리는 최고의 변태녀다운 수영복을 초이스해 줄게!"

"변태녀 아니야!"

"에엥~ 언니는 변태 맞아~ ♪."

미호가 쪼그리고 앉아 뾰로통한 아카네의 허벅지를 쿡쿡 찔렀다.

"어딜 어떻게 봐도 네 쪽이 더 변태잖아?!"

치맛자락을 누르는 아카네. 애정 표현이라는 것은 알지만 마호는 가슴까지 자주 만져대니 자매라고는 해도 방심할 수 없었다.

"언니가 더 변태야~. 좋아하지도 않는 남자와 매일 밤 침대를 함께 쓰고 있으니까♪."

"오해 살 만한 표현은 하지 말아줄래?!"

그리고 사실 좋아하는 남자거든! 하고 아카네는 생각했지만 그런 말은 입이 찢어져도 할 수 없었다. 마호에게 알려졌다간 극한까지 놀려먹을 것이 뻔했다.

한껏 신난 마호에게 이끌려 아카네는 빌딩형 쇼핑센터로 들어갔다. 에스컬레이터를 타고 6층까지 올라가자 수영복만 모인 전문점이 나왔다.

허리에 손을 대고 당당한 포즈를 취하고 있는 마네킹. 나뭇결이 아름다운 플로어 위로 선반이 늘어서 있고 디자인도 사이즈도 다양한 수영복이 걸려 있었다.

"언니한테 어울릴 법한 건 이거랑 이거랑 이거?"

마호가 차례차례 수영복을 집어나갔다.

"그렇게 적당히 골라도 돼?"

"언니가 여러 수영복 입은 모습을 보고 싶…… 은 게 아니라 우선은 입어보지 않으면 뭐가 어울릴지 모르니까! 탁상공론, 옷걸이에 걸린 수영복일 뿐이야!"

그럴듯하게 역설하고 있지만, 수상함이 만연했다.

마호가 탈의실 쪽으로 아카네의 등을 꾹꾹 밀었다.

"자자, 언니, 가자! 내가 옷 갈아입혀 줄게!"

"잠깐만! 입어보는 건 직접 할 수 있어!"

"언니도 어렸을 땐 내 옷 갈아입혀 줬잖아. 그 보답이랄까? 겸사겸사 가슴 보고 싶다는 생각은 안 해!"

"무조건 생각하면서!"

그 증거로 침을 흘리고 있다.

"괜찮아, 괜찮아. 나를 믿어! 우헤헤헤⋯⋯."

"우헤헤, 라고 말한 시점에서 못 믿겠어!"

"우헤헤는 내 울음소리야~♪."

"무슨 생물인데?!"

"언니 가슴 보고 싶다우루스야~♪."

"솔직하게 다 불고 있네!"

아카네는 저항했지만 전 환자라고는 믿어지지 않는 마호의 강한 힘으로 인해 탈의실 안으로 끌려 들어갔다.

촤악 닫히는 커튼, 빠르게 벗겨지는 교복. 어느새 브라까지 벗겨져 있어 아카네는 두 손으로 황급히 가렸다.

마호가 엄지손가락을 치켜올렸다.

"좋아, 언니! 그 수줍음이 좋아!"

"동생이 아니었다면⋯⋯ 당장에 신고했을 텐데⋯⋯."

아카네가 작게 웅크린 채 떨었다.

가슴을 펴는 마호.

"하지만 아쉽게도 여동생이네~♪. 이런 미소녀의 나체를 가까이서 볼 수 있다니, 언니의 여동생으로 태어나서 행복해! 이것이 승자의 삶이라는 건가?"

"이젠…… 됐으니까 빨리 갈아입혀 줘."

아카네는 체념의 경지에 이르렀다. 이 여동생에게는 무슨 말을 해도 효과가 없었다. 오히려 쓸데없는 소리만 더 해댈 뿐이다.

"맡겨줘!"

마호가 아카네의 나체에 끈을 감았다.

일단 가슴과 하체에 약간의 천은 대고 있지만 거의 가려지지 않고 있었다. 끈이 허리를 파고들고 가슴은 쏟아져 나와 차라리 벌거벗은 게 낫지 않을까 싶을 정도로 음란했다.

"이, 이게 뭐야……."

"마이크로 비키니! 이걸로 해변의 시선은 언니가 독차지할걸!"

"독차지 따위는 하고 싶지 않아!"

"언니의 아름다움은 전 세계에 알리지 않으면 아까워! 둘도 없는 천연기념물이야! 그렇지! 지금의 언니를 인스타에……."

스마트폰을 잡는 마호의 손을 아카네가 탁 움켜쥐고는 위협적인 목소리로 명령해온다.

"사진은…… 찍지 마……."

"아, 아이 참, 언니~. 당연히 농담이지."

마호는 얼버무렸지만 분명 진심이었을 것이다. 말리는 게 늦었더라면 인생의 오점이 글로벌에 대공개됐을지도 모른다.

"그럼 이쪽은 어떨까? 음⋯⋯."

다음으로 마호가 입혀준 것은 마이크로 비키니와는 정 반대로 노출도가 낮은 수영복이었다. 경기 수영복 같은 슈 트가 온몸을 꽉 덮고 그 위로 가디건과 스커트를 조합한 디자인이었다.

"어때? 이러면 언니도 부끄럽지 않겠지?"

"이건⋯⋯ 좀⋯⋯."

"언니 취향 아니야? 피부는 하나도 안 보이고 운동복 같 아서 좋지 않아?"

"운동복은 좀⋯⋯."

낭만 따위 한 톨도 없다. 수영장에 도착해 사이토에게 "운동복으로는 물에 못 들어가"라는 주의를 받는 날엔 아 카네는 수치심으로 투신할지도 모른다.

마호가 운동복 느낌의 수영복을 벗겼다.

"어떤 게 좋아?"

"너무 야한 건 싫지만 조금은 모험하고 싶달까⋯⋯ 귀엽 게 보일 수 있는 수영복이 좋다고 할까⋯⋯."

아카네는 뺨이 다시금 타오르는 것을 느끼며 중얼거렸다.

마호가 아카네에게 얼굴을 대고 지척에서 말똥말똥 바 라보았다.

"뭐, 뭐야?"

"언니…… 그 수영복을 입고 누구랑 노는 거야?"

날카로운 질문에 아카네의 목소리가 뒤집혔다.

"어? 누, 누구냐니, 뭘 그런 당연한 걸 물어."

"……누군데?"

"히마리! 다른 친구는 없어!"

스스로 말하고도 슬픈 진실이었다.

마호는 턱에 엄지와 검지를 붙인 채 명탐정처럼 추리했다.

"으음, 그런데 말이야. 히마링이랑 놀러 가는 거면 수영복도 히마링이랑 사러 오면 되지 않아? 나에게 부탁했다는 건 히마링에게 알려지고 싶지 않다는 뜻 아냐?"

"……읏."

이 여동생, 늘 장난을 쳐대지만, 결코 머리는 나쁘지 않았다. 전 세계를 돌아다니느라 각국의 언어는 맹렬한 속도로 습득했고 학교 성적도 손쉽게 합격점을 받아낸다. 공붓멀레라고도 불리는 아카네에 비하면 훨씬 재주 좋은 소녀였다.

"히, 히마리에게 귀여운 수영복을 보여주고…… 놀라게 해주고 싶어서…….."

"히마링은 여자 수영복을 봐도 기뻐하지 않을걸? 내가 아니니까."

"넌 기뻐하는구나…….."

"솔직히 말해. 상대는 남자지?"

"남자 아니야!"

붕붕 고개를 젓는 아카네.

"누구일까? 우리 언니를 꾀어낸 놈팡이는. 이름, 말할 수 있지?"

마호는 벌거벗은 아카네를 뒤에서 껴안고 가는 손가락으로 턱을 간지럽히며 심문했다. 마치 고양이를 쓰다듬는 듯한 손길이었다.

"그러니까…… 히마리라니까…….."

"그런 변명은 필요 없어~."

"변명 아니야…….."

"자아, 언니……. 슬슬 자백하는 게 어때?"

후우, 하고 마호가 아카네의 목덜미에 입김을 불었다.

"시, 싫어…….."

울먹이는 눈으로 심문에 저항하는 아카네.

마호는 한숨을 쉬며 아카네를 풀어주었다.

"어쩔 수 없지. 그럼 오빠한테 일러야겠다."

"기다려! 더 복잡해지니까! 같이 가는 건 사이토야!"

아카네는 가슴이 철렁 내려앉는 기분에 그녀를 말렸다.

사이토에게 다른 남자와 논다는 오해를 받는 것도 최악이었고, 사이토를 위해 귀여운 수영복을 새로 사려고 한다는 것을 들키는 것도 부끄러웠다.

마호가 눈을 깜빡거렸다.

"어? 오빠랑? 어디 가는데?"

"최근에 생긴 수영장이야.『남국 서머랜드』라고…….."

"엥, 좋겠다! 나도 가보고 싶었는데! 같이 가고 싶어!"

달려드는 마호.

"하지만 그건……."

데이트인걸. 아카네는 그렇게 설명하고 싶었지만, 부끄러워서 말을 꺼낼 수가 없었다. 사이토와 단둘이 가고 싶다고 말할 수 있을 리가 없다.

"언니만 치사해~! 나도 오빠랑 수영장에서 놀고 싶어~! 다 같이 첨벙첨벙하고 싶어~!"

마호는 아카네에게 매달리며 먹이를 바라는 새끼 고양이처럼 졸라댔다. 동그란 눈동자가 열심히 호소해온다.

원래도 귀여운 마호가 이런 사랑스러운 모습을 보여주면 아카네가 이길 수 있을 리가 없다. 여동생의 웃는 얼굴이야말로 언니가 무엇보다 바라던 소원이었던 것이다.

"……알았어. 셋이서 가자."

"와~♪ 언니 너무 좋아~!"

마호는 크게 기뻐하며 아카네의 가슴에 얼굴을 파묻었다.

결과적으로 셋도 아니었다.

대형 레저 수영장 남국 서머랜드 주차장에 모여 있는 사람은 사이토, 아카네, 마호 외에도 히마리와 시세이 등 5

명. 결국 늘 모이는 멤버였다.

"어떻게 된 거야……."

딸기무늬 비치백을 어깨에 걸친 아카네가 절망했다.

히마리와 노는 것은 무척 즐겁고 귀여운 시세이와 보내는 것도 즐겁지만, 이번만큼은 그렇지 않았다. 사이토와 단둘이 수영장 데이트를 하려고 했었는데.

"어떻게 된 거냐니, 뭐가?"

고개를 갸우뚱하는 사이토.

"왜 다섯 명이냐고 묻는 거야!"

"시세와 히마리도 가고 싶은 모양이더라고."

"그게 아니라!"

"더 많은 편이 좋았으려나? 달리 부를 만한 녀석이 안 떠올라서…… 미안해."

사이토가 미안하다는 듯이 고개를 숙인다.

아카네가 말하고자 하는 것이 전혀 전해지지 않았다. 하지만 순순히 사과해오는 이상 더 이상 추궁할 수도 없었다.

"됐어……."

아카네는 어깨를 축 늘어뜨리고 남국 서버랜드 입구로 향했다.

학교 운동장을 여덟 개 정도 합친 넓이를 가진 주차장은 시선 끝까지 차로 가득 차 있었다. 교통정리 직원이 뛰어다니며 최대한 더 많은 차를 집어넣으려 애쓰고 있었다.

입구로 가는 길가에 크레이프 노점이 있어 곧바로 멈춰선 시세이를 사이토가 떼어냈다.

현관 앞에 있는 벽에는 야자수와 돌고래가 그려진 남국풍 벽화 스타일로 되어 있었다. 관내에 들어서자마자 화환을 단 펭귄 상이 우뚝 서 있었다. 아마 이 수영장의 마스코트 캐릭터이겠지만 이것이 남국 대표 생물인가에 대해서는 의문이 남았다.

매표소는 놀이공원처럼 창구가 여러 곳 있었고 활기찬 가족 단위의 손님이나 무리가 여러 줄로 늘어서 있었다.

절약가인 아카네가 내기엔 과하게 비싼 입장료를 내고 사이토와 헤어져 여자 탈의실로 갔다. 여자아이만 네 명이 함께 분홍색 사물함에 비치백을 넣었다.

햇살이 강한 날임에도 시세이는 평소처럼 화려한 드레스를 입고 있었다. 그런데도 땀 한 방울 안 흘리는 모습은 역시나 외계인 같았지만 그런 드레스를 잘 벗지 못해 허우적대고 있다. 스스로 입고 벗기엔 무리가 있는 구조였다.

"오빠한테 옷 갈아입혀달라고 할래."

"안 돼!"

여자 탈의실에서 뛰쳐나가려는 시세이를 아카네가 황급히 제지했다.

"왜?"

고개를 갸우뚱하는 시세이.

"당연하지! 사이토는 남자애고 시세이 씨는 여자애니까!"

"괜찮아. 오빠는 시세를 여자로 생각 안 해."

"생각 안 해도 여자잖아! 이상한 일이라도 생기면 어쩌려고?!"

"이상한 일이 뭔데?"

"그, 그건……."

말문이 막힌 아카네.

"아카네의 구체적인 비전을 듣고 싶어. 오빠랑 시세가 어떻게 될 거라 생각해? 아카네는 오빠랑 이상한 일이 된 경험 있어?"

시세이가 거침없이 아카네에게 다가왔다.

아카네의 온몸이 수치심으로 타올랐다.

"그러니까…… 사이토와 시세이 씨가…… 좋은 분위기가 되면…… 그…….."

"좋은 분위기는 안 돼? 나쁜 분위기가 돼야 해?"

"그런 뜻이 아니라…… 으윽."

한계에 다다른 아카네는 탈의실 바닥에 웅크렸다. 그렇지 않아도 연애에 관해서는 면역이 없는 몸이다. 그런 은밀한 이야기를 자세히 말할 수 있을 리가 없다.

마호가 시세이의 어깨에 손을 얹고 펄쩍펄쩍 뛰었다.

"시짱, 갈아입을 옷이라면 내가 도와줄 수 있어! 대신 가슴 만지게 해줘!"

"만지면 처형."

"신난다~! 시짱에게 처형당한다~!"

시세이의 경고도 덧없이 마호는 요란하게 시세이의 드레스를 벗기기 시작했다. 알몸이 된 시세이 맨다리에 볼을 비비적대며 머리를 밟혀도 개의치 않고 수영복을 입혀 나갔다.

옛날부터 마호는 미소녀를 정말 좋아했다. 저 두 사람은 내버려 뒤도 괜찮겠지.

아카네가 안도하며 블라우스를 벗고 있는데 옆에 있는 히마리가 중얼거렸다.

"사이토를 수영장에 초대하다니, 아카네도 꽤 하네."

"그, 그런 거 아니야!"

아카네는 블라우스를 껴안고 몸을 움츠렸다.

"그게 아니라니, 뭐가 달라? 수영장 데이트하자고 한 거시?! 여기 요즘 커플들한테 인기 많은 데이트 장소라는 것 같던데."

"몰라! 난 그저 사이토랑 같이 시간을 보내고 싶어서……."

"하지만 엄청 귀여운 수영복 사 왔지? 사이토한테 보여주려고 산 거 아냐?"

사물함 위에 놓인 새 수영복을 히마리가 바라보았다.

"그, 그래! 뭐가 나빠?! 나랑 사이토는 둘이서 수영장 데이트를 하기로 했어! 모두가 온다는 얘긴 못 들었단 말야~!!"

궁지에 몰린 아카네는 자포자기 심정으로 자백했다.

다행히 어느샌가 마호와 시세이는 서로 달라붙은 채 바닥을 뒹굴고 있어 이쪽 이야기를 들은 기색은 없었다. 저쪽은 저쪽대로 배틀이 벌어진 것 같았다.

"전혀 나쁘지 않아. 라이벌이니까 당연하지. 나도 오늘을 위해 새 수영복을 샀고 말야."

히마리가 들어 보인 수영복 디자인에 아카네가 꿀꺽 침을 삼켰다.

"좀…… 너무 대담하지 않아?"

"이 정도는 하지 않으면 고지식한 사이토 군을 유혹할 수 없을 테니까?"

"뭐…… 한 지붕 밑에서 여자애랑 살고 있어도 아무 짓도 안 하는 녀석이니까……."

"흐음~ 아카네, 아무 짓도 안 당했구나?"

눈을 가늘게 뜬 히마리가 묘하게 득의양양한 얼굴로 물었다.

"으……. 아, 앞으로 당할지도 몰라!"

허세를 부리는 아카네.

"나는 사이토 군과 키스했는데♪."

"그건 히마리 쪽에서 한 거잖아!"

"어느 쪽이든 똑같아. 사이토 군이 여자로서 의식하게

만들려면 기정사실을 만드는 쪽이 더 빠르니까."

"그런 거야……?"

아카네는 잘 모르지만 반 친구들의 사랑을 한몸에 받는 히마리가 하는 말이니 맞을 것이다.

"나 오늘은 거침없이 사이토를 유혹할 생각이니까. 각오해, 아카네."

"나도! 사이토를 완전히 유혹해 보이겠어!"

히마리와 아카네가 각자 전투복에 몸을 감쌌다.

남국 서머랜드는 거대한 돔으로 뒤덮인 실내형 레저 수영장이었다.

드넓은 부지 위로 유수풀이 빙글빙글 돌고 있다. 그리고 곳곳에 폭포처럼 물이 떨어지는 곳이라든가, 스프링클러가 마구 날뛰는 곳이 있어 물의 움직임에 변화를 주고 있었다.

유수풀 밖에는 워터 슬라이더가 여러 종류 준비되어 있다. 혼자서 타는 베이직한 슬라이더는 물론 고무보트를 타고 미끄러지는 그룹용 슬라이더나 급격한 경사를 가진 다이브 슬라이더 같은 것도 보였다.

그뿐만 아니라 일식, 양식, 중식 여러 음식점도 갖춰져 있어 장외에 나가지 않고도 종일 지낼 수 있도록 만들어져 있었다. 수영복을 입고 갈 수 있는 오락실까지 있으니 놀라울 따름이다.

——오늘은 밤까지 못 돌아갈 것 같은데…….

사이토는 빠르게 옷을 갈아입고 탈의실 출구에서 소녀들을 기다렸다.

마호에게 "여자 탈의실 앞에서 기다려!"라고 듣긴 했는데 어쩌면 이건 함정이 아닐까. 아까부터 지나가는 여성들의 시선이 곱지 않았다. 스마트폰을 들고 있는 사람도 있고, 신고될 것 같은 느낌이 강하게 들었다.

사이토가 눈치를 보며 쭈그러들고 있는데 탈의실에서 소녀들이 나왔다.

마호가 입가에 손을 얹고 질색한 표정을 지었다.

"우와…… 진짜 여자 탈의실 앞에서 기다리다니~ 오빠 변태였구나~."

"이 자식……."

사이토가 얼굴을 와락 구겼다.

"농담이야, 농담! 변태가 아니라 너무 순수한 것뿐이지! 동정 오빠♪."

마호가 사이토에게 팔을 휘감아오며 뺨을 쿡쿡 찔러댔다. 달래주려는 것인지 놀리려는 것인지 모르겠으나 옷을 입고 있을 때와 같은 기세로 밀착해오는 것은 곤란했다.

마호의 수영복에는 히비스커스 같은 화려한 트로피컬 플라워가 프린트되어 있었다. 상의와 나뉜 하의는 최소한의 면적밖에 없는 로우라이즈로 사랑스러운 허벅지가 당당히 드러나 있다. 남국 리조트에서 뛰쳐나온 듯한 건강한 색감이 눈부셨다.

"……그래서, 어때?"

동그란 눈동자로 마호가 사이토의 얼굴을 들여다보았다.

"어떠냐니?"

"뭐야! 알면서 물어? 모처럼 마음먹고 예쁜 수영복을 입고 왔는데, 남자 대표로 오빠의 소감을 알려줘야지!"

"남자 대표라니, 나밖에 없는데……."

"어? 오빠는 수영장에 부를 친구도 없어~?"

"큭……."

말을 잇지 못하는 사이토.

마호는 손으로 입가를 누르고 키득키득 웃었다.

"와♪ 정곡이구나~ 외톨이 오빠, 불쌍해~♪."

"동정은 필요 없어……."

사실 이번 기회에 반 남자아이를 부를까 했는데, 가만히 생각해보니 그는 그 누구의 연락처도 모르고 있었다. 평소 행실의 결과라고는 하지만 쓸쓸한 교우관계다.

마호가 사이토에게 몸을 비벼왔다.

"안심해♪. 친구가 없는 오빠를 위해 내가 성적인 친구가 되어줄게♪."

"그런 불건전한 관계도 필요 없어!"

"그럼 빨리 내 수영복 감상평을 들려줘! 100점? 200점? 5천3백억 점?"

"자기평가 얼마나 높은 거야!"

하지만 여성 고객이 많은 레저 수영장 안에서도 눈에 띄게 귀엽다는 점은 부인할 수 없었다. 아까부터 지나가던 남자들이 몇 번이나 뒤를 돌아보고 있다.

"나도…… 사이토 군의 감상, 듣고 싶어."

다가오는 히마리는 그 어느 때보다 대담한 모습이었다.

천을 크로스시켜 감은 것처럼 보이는 상의에 역시 천을 허리에 감은 것처럼 보이는 하의. 그렇지 않아도 아슬아슬한 가슴을 지탱하기에는 턱없이 부족해 보여 몸을 움직일 때마다 가슴이 흘러내릴 것 같아 사이토는 아찔해졌다.

──너무 야해.

그것이 솔직한 감상이었지만, 그렇다고 솔직하게 말하기는 망설여졌다.

"오빠, 오빠. 시세는?"

필랑팔랑 다가오는 시세이의 수영복은 그중에서 가장 평화로운 디자인이었다.

풍성한 프릴이 장식된 메이드복 같은 검은색 상의. 가느다란 순백의 허리에는 리본이 달린 치마를 입고 있다. 속세와 격리된 듯한 완벽한 외모와 어우러져 마치 해변에 내려앉은 천진한 요정 같았다.

"자, 언니도 수영복 보여줘!"

"나, 나는 됐어……."

마호가 재촉했지만, 아카네는 히마리 뒤에 숨어 쭈뼛거렸다. 흰색의 긴 카디건을 걸치고 있어 어떤 수영복을 입었는지도 보이지 않았다.

"모처럼 오늘을 위해 산 거니까 안 보여주면 아깝지."

아카네는 홍조를 띤 얼굴로 팔짱을 꼈다.

"오늘을 위해 산 건 아니야! 예전 수영복은 낡고 너덜너덜해져서 바꿀 수밖에 없었어!"

"수영복이 너덜너덜해질 때까지 입었던 건가…… 얼마나 절약 정신이 강한 거야……."

사이토는 딱한 마음이 들었다.

"그래, 맞아! 가슴도 엉덩이도 훤히 다 보였다고!"

화들짝 놀라는 히마리.

"아카네?! 정신 차려?! 본인이 무슨 말을 하는지 아는 거야?!"

"몰라!!"

아무래도 폭주 중인 것 같았다.

늘 보던 아카네의 모습이구나 싶어 사이토는 집에 온 것 같은 안도감을 느꼈다.

그러나 다른 소녀들은 사이토에게 나태한 평화를 허락해주지 않았다.

마호와 히마리, 시세이가 사이토를 에워싸고 잡아먹을 듯한 얼굴로 바라보았다.

"그래서 사이토 군? 누가 제일 귀여워?"

"물론 나겠지?"

"오빠는 시세를 귀엽다고 해야 해."

조금씩 다가오는 소녀들. 맨살에 달라붙은 샤워기의 물방울이 보일 정도의 근거리. 저마다 타입은 다르지만 뛰어난 스타일을 가진 몸에서 달콤한 열기가 풍겨왔다.

"너, 너희들…… 좀 무서운데."

누구를 골라도 무사히 끝날 것 같은 예감이 들지 않았다. 자칫하면 유혈사태가 벌어질지도 모르는 긴박감이 흐르고 있으니 적어도 분위기는 험악해질 것이다.

가능하면 사이토는 독서를 즐기고 싶었던 휴일. 드문 아카네의 권유에 무거운 몸을 일으켜 수영장에 왔는데 전쟁이 발발하는 것만은 피하고 싶었다.

어떻게든 평화롭게 넘어가고자 사이토는 머리를 고속으로 회전시켰다.

──그래! 내가 대미지는 입겠지만…… 이것뿐에 없어!

기민한 두뇌가 순식간에 해답을 도출했다.

사이토는 엄지손가락을 자신의 얼굴에 대고 엄숙하게 선언했다.

"제일 귀여운 건…… 나다!!"

""""엥?""""

무표정한 시세이를 제외하고 소녀들이 나란히 눈을 동그랗게 떴다.

"봐, 내 수영복을! 이 색감, 야자수의 생명력 넘치는 묘사, 딱 좋게 빛바랜 천의 퇴폐미, 눈치채지 못했다고는 말 못 하겠지. 오늘의 MVP는 바로 나다!"

사이토는 딱히 볼 것도 없는 반바지를 양손으로 집어 들고 내보였다.

맞다, 자포자기다. 반짝일 정도로 아름답게 빛나는 소녀들과 비교하는 것은 모독이나 다름없다는 것을 잘 알고 있다.

"오빠…… 괜찮아?"

"미안해…… 난 그런 예술은 잘 몰라서…….."

"사이토, 눈이 썩었나 보구나."

소녀들이 한숨을 쉬며 시선을 돌렸다. 자상한 아이들이라 적당히 포장해주고는 있지만, 완전히 어이없어하는 얼굴이었다.

예상 이상으로 대미지는 극심했다. 사이토는 괴로움에 사로잡혀 몸을 웅크렸다.

그런 사이토의 머리를 시세이가 달래주듯 쓰다듬었다.

"오빠, 애썼어."

"시세는 알아주는 건가…….."

"알아. 세계가 망해도 시세는 오빠 편이야. 그러니 오빠는 시세와 함께 튜브를 타고 유수풀에 들어가야 해."

"좋아! 여자 따위 다 적이다!"

사이토는 시세이의 손을 잡고 대여 코너로 돌격했다. 물론 풀사이드에서 달리는 것은 위험하므로 경보였다.

간이 대여 코너에서는 비치볼, 1인용 튜브, 2인용 튜브, 상어처럼 생긴 대형 튜브 등 다양한 상품이 진열되어 있었다.

"시세는 어린이용이 아니면 쑥 빠져버리겠지……."

오리 모양 튜브로 할까 아니면 유니콘 모양 튜브로 할까. 사이토는 고민했다.

시세이가 사이토의 옆구리를 쿡쿡 찔렀다.

"왜?"

간지러움에 몸을 흠칫하는 사이토.

"시세는 이게 좋아."

시세이가 안아 든 것은 커플용 하트 모양 튜브였다.

"그건 너무 크지 않아? 넌 오리가 더 어울릴 것 같은데."

사이토가 내민 오리 모양 튜브를 시세이가 찰싹 내던졌다.

"오빠랑 같이 들어가고 싶어."

"과연, 가격도 딱 절반이고 합리적이긴 하네."

"시세는 오빠의 지갑 사정을 배려하는 아이."

"내가 내는 게 확정이라는 시점에서 배려하는 건지 아닌지는 미묘하지만……."

사이토가 하트 모양 튜브를 들고 점원에게 말을 걸려고 하는데 히마리와 마호가 쏜살같이 다가왔다.

"잠깐만, 사이토! 튜브 나랑 둘이서 쓰자! 돈이라면 내가 낼게!"

"나도 오빠랑 둘이서 달달하게 튜브 놀이하고 싶어~ 사진 찍어서 인스타에 올리고 싶어~!"

"처음 말을 꺼낸 건 시세. 이 계획은 양보 못 해."

서로 노려보는 수영복 차림의 소녀들. 일촉즉발의 공기가 넘쳐흘렀다.

아까 전쟁을 막은 직후인데 왜 또 다른 대전이 터져 나오려 하는 것인가. 사이토가 머리를 싸맸다.

"안 내면 지기……!"

뜬금없이 마호가 가위바위보를 시전했고 히마리와 시세이도 주먹을 내밀었다.

"가위바위보!"

"가위바위보!"

"가위바위보!"

열기를 더해가는 가위바위보 배틀.

소녀들의 귀기 어린 형상에 주변에는 구경꾼마저 발생하고 있었다.

"왜 멋대로 정하는 거지……?"

덩그러니 따돌려진 채 당황하는 사이토.

아카네는 가위바위보에는 참여하지 않고 하트 튜브를 안은 채 쭈뼛거리고 있다. 그녀는 그녀대로 오늘 상태가 이상했다. 평소와 같은 에너지가 없다고 할까, 꿔다놓은 보릿자루처럼 온순했다.

"아싸! 이겼다~!"

가위바위보에 승리한 것은 히마리였다. 브이 사인을 하늘 높이 치켜올린 채 펄펄 뛰며 기뻐한다. 너무 뛰면 수영복 천에서 가슴이 튀어나오지 않을까. 사이토는 남몰래 위기감을 느꼈다.

마호가 히마리에게 매달렸다.

"히마링, 이 가위바위보는 한판 승부가 아니야! 5천 판 승부야!"

"후후, 안 되지, 마호. 진 건 인정해야지. 사이토 군은 내가 데려갈게."

히마리가 자랑스럽게 사이토의 팔에 매달렸다.

"으앙, 히마링 나빴어!"

비난하는 마호를 보며 고개를 끄덕이는 시세이.

"히마리는 악녀. 오빠가 잡아먹혀."

"그래, 나는 나쁜 여자야. 그럼 이만~ ♪."

히마리는 하트 튜브를 대여해 사이토의 손을 잡아끌고 달리기 시작했다.

전리품 취급을 당한 것 같아 석연치 않은 기분이 든 사이토지만, 히마리를 강하게 거절하는 것에도 거부감이 들었다. 요전에는 히마리도 공부를 열심히 했으니 가끔은 숨 돌리기로 어울려주는 것도 친구의 의무겠지.

"우와, 재밌을 것 같아~!"

히마리가 사이토의 팔에 매달린 채 수영장에 뛰어들었다.

"잠깐……."

갑작스러운 상황에 놀란 사이토. 결국 그 기세를 이기지 못하고 함께 떨어졌다.

화려하게 일어나는 물보라, 가라앉는 히마리와 사이토. 물속에서 히마리의 금발이 일렁였고 커다란 눈동자가 사이토를 바라보며 웃고 있었다.

"푸학……!"

사이토는 수면 밖으로 얼굴을 내밀고 숨을 내쉬었다. 이어서 히마리도 수면으로 올라왔다.

"갑자기 뭐 하는 거야?!"

"미안, 미안, 너무 들떠서 그만. 좋아하는 사이토 군이랑 수영장에 왔다는 게 꿈만 같아서."

"하여간……."

발랄한 미소로 솔직하게 말해 오니 사이토는 화낼 기력조차 잃고 말았다. 나쁜 여자라고 당당하게 외쳤지만 히마리에게선 악의의 편린조차 느껴지지 않았다.

"받아, 사이토 군!"

히마리가 튜브를 내던졌다. 투명한 돔 너머로 보이는 푸른 하늘 위로 새빨간 하트가 날아왔다. 마치 고리 던지기처럼 하트가 사이토의 몸을 통과해 투명한 수면에 파문을 일으켰다.

빨려 들어가듯 히마리가 물속으로 사라지더니 튜브 속으로 미끄러져 들어왔다.

"실례할게요~."

젖은 수영복과 맨살이 매끄럽게 사이토의 피부 위로 미끄러졌다. 설탕 과자에 신경이 침식당한 듯한 느낌에 사이토의 몸에 오싹 소름이 돋았다.

튜브 안에 공간적인 여유가 없는 탓에 히마리의 가슴이 사이토의 등에 꾹 눌려 있었다. 찬물에 의해 예민해진 촉각 위로 달라붙는 듯한 가슴의 질감이 직격했다.

사이토는 몸을 돌려 히마리의 가슴에서 등을 떼려 했지만, 정면으로 가슴의 압박을 받을 뿐 해결되지 않았다.

심지어 이번에는 최종병기 같은 압박감 넘치는 가슴을 가까이서 봐야 하는 처지가 되어 더욱 상황이 악화하었다.

"이 튜브…… 두 사람이 쓰기엔 좁은 것 같은데?"

"응? 괜찮아. 2인용이라고 쓰여 있었는걸."

"보통은 그렇겠지만……."

사이토는 가슴으로 쏠리려는 시선을 애써 돌렸다.

"내 가슴이 너무 커서 좁다는 거야?"

"그런 말 안 했어!"

굳이 입에 올리지 않았을 뿐 생각은 하고 있었다.

그것이 태도로 나온 것일까, 히마리가 키득키득 웃었다.

"사이토 군은 꽤 밝힌단 말이지."

"그렇진 않은데?! 지금도 난 완벽하게 평소랑 똑같아!"

사이토는 무리하고 있었다.

"정말……? 조사해 봐도 돼……?"

히마리는 요염한 미소를 띠며 사이토의 가슴팍에 가는 손가락을 내밀었다. 모양 좋은 입매가 장난스러운 곡선을 그리고 있었다.

"그만둬. 밝히는 건 네 쪽이겠지."

"아하하, 그럴지도 몰라. 하지만 나를 그렇게 만드는 사이토 군이 나쁜 거 아닐까?"

"난 아무 짓도 안 했어…… ."

사이토가 한숨을 내쉬었다. 그렇지 않아도 히마리는 매력적인 소녀인데 대담한 수영복에 몸을 감싸 더욱 공격력이 높아진 상태였다.

사이토와 히마리는 튜브에 몸을 맡긴 채 꾸불거리는 수영장을 떠내려갔다.

파도 중간에 모래밭 같은 느낌의 육지가 있었다. 오두막 정도 크기의 성이 지어져 있고 미끄럼틀과 좁은 터널, 물

대포 등이 무질서하게 구성되어 있다. 어린이들이 미끄럼틀을 타거나 지나가는 손님들에게 물총을 발사하며 놀고 있었다.

성의 지붕 위에는 커다란 물통이 있었고 파이프를 통해 퍼 올린 물이 고여 있었다. 물이 다 차면 물통이 뒤집히면서 많은 양의 물이 지붕 위로 흘러내려 장대비를 발생시키는 구조인 것 같았다.

"사이토 군, 저거 재밌겠다! 맞으러 가자!"

히마리가 물통을 가리켰다.

"아니…… 위험해. 순간적인 강우량을 예상할 수도 없고, 목이 부러질 수도 있어."

"아니야! 그런 위험한 게 수영장에 있으면 기삿감이지! 봐봐, 다들 모여 있어. 인기 있는 놀이기구 같은데?"

히마리의 말대로 물이 억수같이 쏟아지는 작난 지점으로 보이는 지붕 아래에 많은 사람이 몰려들어 있었다.

사이토가 히죽 웃었다.

"바보 같은 놈들…… 앞으로 본인들이 죽는 줄도 모르고."

"안 죽어. 촤아악~ 맞으면 기분 좋지 않을까?"

"이미 젖었는데 굳이 더 젖으러 가는 의미도, 굳이 사망 위험을 높여야 하는 의미도 모르겠어. 합리성이 한 톨도 없잖아."

"어려운 소리는 됐으니까 우리도 가자~."

히마리가 팔을 흔들며 물통 쪽으로 다가갔다.

반대로 튜브를 움직이려는 사이토지만 질질 끌려갔다. 수영장 바닥은 마찰력이 적어 발로 버티기도 어려웠다.

——이 녀석…… 혹시 나보다 다리 힘이 센 건가?!

카페에서 서서 일하는 아르바이트 덕분에 단련된 것일지도 모르지만, 그래도 남자였기에 사이토는 약간의 충격을 받았다.

"이 싸움…… 질 수야 없지!"

"사이토 군?! 싸움이라니 뭐야?!"

당황하는 히마리와 온 힘을 다해 저항하는 사이토.

그러는 와중 두 사람의 튜브는 지붕 밑에 다다르고 물통도 가득 찼다.

주위에 울려 퍼지는 사람들의 함성.

그야말로 물통을 통째로 뒤집어엎은 듯한 폭우가 사이토와 히마리를 덮쳤다. 어깨에 쏟아지며 수면을 가르고 튜브를 가라앉힐 정도의 격렬함.

비라기보다는 물 덩어리. 몸을 짓누르는 듯한 무게감. 히마리는 비명을 지르며 사이토를 끌어안았다. 정신없는 혼란 속에서 가슴과 허리가 밀착되었지만, 사이토는 그런 것을 신경 쓸 여유가 없었다. 폭음에 귀가 막히고 장렬한 물줄기에 숨조차 쉴 수 없었다.

곧 폭우는 지나가고 수수께끼의 후련함만 남았다. 온갖

감정과 사념이 씻겨나간 듯한 느낌이다.

"이건…… 확실히 기분이 좋네."

"그치! 바보 같은 짓을 하는 것도 즐겁지?"

"그러게."

사이토는 인정하지 않을 수 없었다.

처음에는 레저 수영장 같은 낯선 곳에 가는 것도 내키지 않았고 육상 생물인 인간이 물에 들어가는 목적도 알 수 없었지만 의외로 나쁘지 않은 것 같았다.

"요즘 아카네와 묘하게 삐걱거려서 스트레스가 쌓였으니까, 제대로 놀면서 기분 전환하는 것도 좋은 것 같아."

"응, 응! 아카네 같은 건 잊고 나랑 잔뜩 놀자♪."

"너희들 싸우기라도 했어?"

사이토는 걱정이 되었다.

"어? 아닌데, 왜?"

"평소 같으면 아카네도 포함해서 같이 놀자고 했을 텐데……."

"평소에는 그게 맞고 아카네는 정말 좋아하는 절친이지만 오늘만큼은 진검승부니까."

"진검승부라니, 뭐가?"

"사이토 군에게는 비밀. 여자아이의 비밀이야♪."

히마리가 검지를 입술에 대고 윙크했다.

완벽한 비율과 몸매를 가진 그녀가 그런 포즈를 취하니

마치 외국 슈퍼모델 같았다. 눈 부신 태양을 머금은 금발과 조각 같은 생김새가 더욱 히마리를 일본인과 동떨어진 모습으로 보이게 했다.

"저기 폭포도 있어! 맞으러 가자!"

"잠깐, 일단 좀 쉬자!"

사이토가 간청했지만 흥분한 히마리는 멈추지 않았다. 금세 두 사람의 튜브는 바위산에서 쏟아지는 폭포로 돌진했고 사이토는 다시 생명의 위협을 느꼈다.

드물게 어린아이처럼 꺅꺅대는 히마리에게 사로잡힌 채 장애물투성이인 수영장을 흘러가고 있는데, 장내 방송으로 안내 방송이 흘러나왔다.

『내방 중인 고객님께 미아 정보를 알려드립니다. 호조 사이토 님, 호조 사이토 님. 열 살 정도의 어린이가 일행분을 기다리고 있습니다. 휴게 코너 근처 구호실로 와주세요.』

히마리가 믿을 수 없다는 얼굴로 사이토를 쳐다보았다.

"사이토 군…… 아이가 있었어?! 아카네와의 아이가?!"

"열 살짜리 애라면 여덟 살 때 만든 아이라는 거잖아!"

"사이토 군 난잡해! 그때 아카네는 아직 초등학생이었다고?!"

"난잡한 건 네 상상이겠지!"

근거 없는 비난에 사이토는 항의했다.

"설마 숨겨진 아이?! 나 말고도 애인이 있었어?!"

"숨겨진 아이도 아니고, 히마리는 애인도 아니야!"

"그럼 누구야?"

"아마 시세겠지."

"아아……."

납득하는 히마리.

"그 녀석, 사람들 틈에 혼자 있으면 자꾸만 미아로 착각되어서 강제로 보호를 받거든……."

체격은 초등학생인데다 비호욕을 자극하는 여리여리한 외모를 가진 탓에 모두가 보호하고 싶어 했다. 그 마음을 사이토도 알고 있었다.

"너무 귀여운 것도 고생이네. 구호실에 나도 갈게."

"넌 애들이랑 놀고 있어. 아무리 시세라도 미아 취급받는 모습을 반 아이에게 보이는 건 부끄러울 테니까."

사이토는 튜브에서 벗어나 풀사이드로 올라갔다. 히마리는 하트 튜브를 움켜쥔 채 살짝 불만스러운 표정으로 떠내려갔다.

사이토는 장내 지도를 바라보고 외운 뒤 뒤엉킨 통로를 따라 구호실을 목표로 했다.

통로를 따라 야자수를 본뜬 오브제가 장식되어 있고 아치에는 진짜 생화가 잔뜩 드리워져 있었다. 남국다운 분위기를 연출하는 데 목숨을 걸기라도 한 것인지 산책만으로도 즐길 거리가 상당히 많았다. SNS를 노린 것 같은 장소도 많아 장내 곳곳에서는 어린 소녀들이 사진을 찍으며 꺅꺅대고 있다.

물가에서 떨어진 곳에서는 비치 체어에 누워 있거나 간이 텐트를 설치해 부모와 자녀가 도시락을 먹는 등 휴식을 취하는 손님들의 모습도 간간이 눈에 들어왔다.

발 디딜 틈 없이 깔린 레저 시트와 아무렇게나 벗어놓은 비치 샌들 사이를 빠져나온 사이토는 구호실에 도착했다.

구호실은 통나무집을 연상시키는 2층짜리 오두막집이었다.

벽 쪽에 자리한 소파에서 시세이가 소프트아이스크림을 먹고 있었다. 스태프에게 잔뜩 받았는지 시세이의 양옆에는 과자 더미가 쌓여 있었다. 거의 다 먹은 것을 보니 식욕은 여전해 보였다.

"오빠."

시세이가 소파에서 뛰어내려 사이토에게 달려왔다.

"역시 너구나."

예상했던 광경에 사이토가 쓴웃음을 지었다.

담당 스태프가 허리에 손을 얹고 나무랐나.

"이러면 안 돼요. 어린아이는 잘 지켜봐야죠. 무슨 사고를 당할지 모르니까요."

"조심하겠습니다."

사이토는 스태프에게 고개를 숙이고 시세이의 손을 끌

고 구호실을 나섰다.

시세이는 불평하면서 풀사이드를 걸었다.

"시세는 미아가 아니라고 설명했는데 아무도 안 들어줬어. 아무리 말해도 결말이 안 나서 오빠를 불렀어. 다들 무례해."

"뭐, 시세는 어린애로밖에 안 보이니까."

"이 넘칠 것 같은 어른의 색기를 보고도?"

판판한 가슴을 내미는 시세이. 하지만 그것으로 가슴이 강조되는 일은 전혀 없고 단순한 스트레칭이었다.

"자, 발밑 조심해서 안 걸으면 미끄러진다. "

사이토는 비틀거리는 시세이의 겨드랑이에 손을 집어넣어 번쩍 들어 올렸다. 그 근처에서 아버지로 보이는 남성이 자신의 딸을 똑같이 안아 들어 옮기고 있었다.

"저쪽에 어린이용 워터 슬라이더 있던데 거기서 놀래?"

어른용은 위험할 테니 딱 적당할 것 같아서 사이토는 그렇게 제안했다.

하지만 시세이는 사이토의 손에서 도망치듯 땅으로 내려오더니 고개를 숙인 채 주먹을 쥐었다.

"오빠까지 시세를 어린애 취급하는 거야?"

"뭐……?"

갑자기 왜 그러는 건가 싶어 사이토는 어리둥절했다. 평소와 달리 시세이의 목소리에는 감정이 배어 있었다. 표정은 변하지 않았음에도 어딘가 애처로워 보였다.

"오빠…… 시세는 이제 어린애가 아니야."

시세이가 사이토의 얼굴을 물끄러미 올려다보았다. 사파이어보다 더 푸른 눈동자가 호소하듯 흔들렸다. 시세이는 사이토의 손을 양손으로 감싸고 자신의 가슴에 가져갔다.

"봐…… 여기. 어린애는 아니지?"

"자, 잠깐……."

"시세는 고등학교 3학년. 곧 오빠랑 같은 18살이 돼. 조금씩이지만 몸도 성장하고 있어. 오빠는…… 그걸 깨닫고 있어?"

속삭이는 시세이의 입술은 망막에 박힐 정도로 선명한 붉은색이었다. 상기된 뺨도 희미하게 붉었다. 가느다란 허벅지를 수줍게 맞대고 있고 새하얀 어깨 위로 물방울이 타고 흘러내렸다.

그 모습은 어린아이가 아니라 어디까지나 여자아이. 그렇지 않아도 상식을 벗어난 미모의 파괴력이 수만 배가 되어 사이토의 의식을 압도해 왔다.

"갑자기 왜 그래?"

"아무 짓도 안 했어. 오빠가 무시하니까 진실을 말한 것뿐이야."

"딱히 무시한 적은 없는데……. 작고 귀여운 건 좋은 거잖아."

두뇌야 어떻든 외모에 대해서는 평균이라고 생각하는 사이토는 재색을 겸비한 시세이에게 부러움은 느낀 적은 있지만 내려다본 적은 없었다. 반 아이들의 인기도 시세이는 사이토와 비교할 수 없을 정도로 높다.

　"오빠 눈으로 보기에도 시세는 귀여워?"

　고개를 갸우뚱하는 시세이.

　"그래, 넌 귀여워."

　사이토가 망설임 없이 단언했다.

　"얼마나? 세계 제일 귀여워?"

　"세계 제일이라니……."

　"알려줘. 시세는 오빠한테 칭찬을 받고 싶어."

　시세이가 똑바로 사이토를 바라보았다. 얼음 정령을 떠올리게 하는 가느다란 허리 위로 은실처럼 반짝이는 장발이 흘러내렸다.

　사랑스럽고 오똑한 콧날, 인형보다 긴 속눈썹. 똑바로 응시하면 영혼을 빼앗길 것만 같은 아름다움의 극치. 그녀의 주위로는 대기마저도 숨을 죽인 것 같았다.

　사이토는 어깨를 으쓱했다. 그런 건 굳이 묻지 않아도 옛날부터 정해져 있다.

　"넌 세상에서 제일 귀여워, 시세."

　"……!"

　시세이의 귀가 새빨갛게 물들었다. 피부가 새하얀 만큼

빨개지면 더 눈에 띄는 것일까. 목덜미도 가슴 언저리도 붉게 달아올랐다. 시세이가 이렇게까지 눈에 띄게 수줍어하는 것은 드물었다.

시세이는 사이토의 가슴에 뺨을 비볐다.

"……그럼 용서할게."

"그래, 너랑 싸우고 싶진 않으니까."

"시세도 오빠랑 싸우고 싶지 않아. 언제나 서로 사랑만 하고 싶어."

"그 표현은 좀 그렇지 않아?"

"오빠는 시세를 사랑하지 않아? 미워해? 그렇다면 시세에게도 생각이 있어."

또 형세가 이상하게 기울 것만 같아 사이토는 서둘러 목소리를 높였다.

"물론 사랑하지!"

"즉 오빠는 시세에게 야키소바를 사준다는 뜻?"

"아까 과자 엄청나게 먹었잖아!"

"오빠 배는 따로 있어."

"나를 잡아먹는 것처럼 말하지 마."

두 사람은 말하면서 푸드코트 쪽으로 향했다.

원형 광장에 플라스틱 테이블과 의자가 놓여 있고, 이를 둘러싸듯 다코야키와 크레이프, 빙수, 라멘, 야키소바 등의 노점이 배치되어 있었다.

사이토와 시세이는 야키소바 노점에 줄을 섰다.

시세이는 아까부터 유난히 거리가 가까웠다. 지금도 사이토의 몸에 착 달라붙어 있다. 비단결처럼 매끈한 피부의 감촉은 기분 좋지만, 주위의 시선이 따가웠다.

"저 둘, 위험하지 않아……?" "고등학생과 초등학생 커플이라니 말도 안 돼." "로리콘 아냐?" "동영상 찍어서 퍼뜨려야지." "경비원 부를까?"

등등 혹독한 의견이 대다수였다.

사이토는 시세이의 드러난 어깨를 두 손으로 잡았다.

"시세…… 조금만 더 떨어질까?"

"왜?"

"내가 신고당할 것 같아서."

"문제없어."

"문제 있어!"

"남의 눈 따위는 신경 안 써. 시세는 더 어렸을 때부터 오빠와 몸을 겹쳐왔어."

시세이가 사이토를 꼭 껴안았다. 사이토의 허리에 가느다란 팔을 두른 채 가슴에 볼을 문지르며 기분 좋은 듯 눈을 감고 있었다.

다른 손님들이 술렁거렸다.

"더 어렸을 때부터……?" "로리콘을 초월한 로리콘이네." "저 남자, 죽는 게 낫지 않을까?" "살인 업자 부를까?"

등등 선명한 살의가 대다수였다.

왜 휴일에 이런 전쟁터에 몸을 담아야 하는 걸까. 사이토는 알 수 없었지만, 시세이를 억지로 떼어낼 수도 없었다.

사이토는 눈물을 삼키고 민중의 비판을 감수했다.

야키소바와 다코야키, 크레이프, 빙수를 사서 둘이서 테이블을 확보했다. 빙수는 여우 얼굴을 본뜬 것인지 쿠키가 귀 모양을 하고 있고 둥근 초콜릿이 눈알 대신 박혀 있었다.

"이 빙수, 남국 서머랜드의 명물이래. 묘하게 귀엽네."

"안 귀여워."

시세이는 인정사정없이 빙수의 두 눈을 뜯어 입에 넣었다.

"안구부터 먹는 파인가……."

사이토는 자신의 눈을 가려야 할 것 같은 충동을 느꼈다.

시세이가 사이토의 무릎에 걸터앉아 물었다.

"빙수랑 시세 중에 뭐가 더 귀여워?"

"갑자기 그런 의미 없는 질문을 하고, 왜 그래?"

"시세는 빙수에 질 수 없어."

"안심해, 승부조차 안 되니까."

왜 빙수에 질투심을 불태우는 건지는 모르겠지만 그런 모습도 신선하고 사랑스러웠다.

사이토는 흐뭇함을 느끼며 숟가락으로 빙수를 떠서 시세이 입에 넣어주었다.

"자, 먹어."

"음."

시세이는 더 이상 이상한 질문을 하지 않고 주는 대로 빙수를 받아먹었다. 사이토는 작은 동물에게 먹이를 주는 기분이었다. 시험 삼아 자신도 먹어보니 빙수는 망고 맛이었고 평범하게 맛있었다.

"오빠랑 시짱 발견~!"

활기찬 목소리가 울려 퍼지고 마호가 테이블로 돌진해 왔다.

사이토가 시세이에게 내민 숟가락에 물고기처럼 달려든다. 숟가락 위에 올려져 있던 빙수를 빼앗더니 뺨을 손바닥으로 감싸 쥐고 만족한다.

"으음~, 오빠랑 시짱 타액 맛있어~♪."

"기분 나쁜 소리 하지 마."

공포감을 느끼는 사이토.

"기분 안 나빠! 내가 좋아하는 오빠랑 초절정 미소녀 시짱의 타액 믹스인걸?! 몇 갤런이라도 먹을 수 있어!"

"갤런은 안 나와!"

갑작스러운 야드파운드법에 사이토가 질겁했다.

"아, 물론 언니랑 히마링 것도 얼마든지 먹을 수 있어! 얼마든지 와라!"

"너는 뭐든 상관없구나."

"뭐든지 좋은 게 아냐! 오빠랑 귀여운 애들 한정이야–!"

마호는 시세이를 끌어안고 뺨을 꾹 밀어붙였고, 변형될 정도로 뺨을 압박당한 시세이는 성가신 듯 마호를 내던졌다.

"너무 붙지 마. 더워."

마호는 내쳐졌음에도 포기하지 않고 곧장 시세이를 안으러 돌아왔다.

"에엥, 시짱은 오빠랑 찰싹 달라붙어 있잖아. 수영복으로 무릎 위에 앉으면 거의 하는 거나 다름없지!"

"그래, 오빠랑 시세는 항상 거의 해."

"그만해."

그런 말을 듣자 무릎 위에 얹혀 있는 시세이의 허벅지가 갑자기 생생하게 느껴졌다. 평소에는 바지와 스커트가 사이에 끼어 있지만 이렇게 피부가 밀착돼 있으면 작은 엉덩이의 형태까지 선명하게 느껴진다.

난입자인 마호는 지극히 당연한 흐름으로 음식을 와구와구 먹어 치우고는 의자에 등을 맡긴 채 만족스러운 한숨을 내쉬었다.

"하아~ 맛있었다~ 마침 출출했는데~."

배가 작은 것치고는 혼자 반쯤 먹어 치운 마호. 나머지 절반은 시세이가 흡수해 사이토의 위에 들어간 것은 고작 얼음뿐이었다.

"자유로운 녀석이네……."

사이토는 어이없긴 했지만 그런 타입을 싫어하지는 않았다. 자신의 매력을 충분히 이해하고 휘두르는 여동생의 모습은 어릴 때부터 시세이를 상대하면서 익숙해졌다.

"저기 있지, 셋이서 워터 슬라이더 가자! 여기 『암흑 슬라이더』라는 게 있는데 중간에 전부 기절할 정도로 즐겁대~!"

"그건 즐거운 게 아니라 위험한 거 아닌가?"

사이토는 레저 수영장의 안전 기준을 걱정했다.

마호가 입가에 손을 얹고 곧바로 놀려댔다.

"이런, 이런~? 오빠는 워터 슬라이더 같은 게 무서운가 보구나~? 그렇겠지~ 동정이니까~ ♪."

"동정이랑은 상관없잖아."

"상관있어~ 겁쟁이라 내가 아무리 유혹해도 손 한번 안 대고, 미끄럼틀 하나 제대로 못 타는~ ♪ 겁쟁이 오빠~ ♪."

사이토에게 어깨를 밀어붙이며 가슴을 쿡쿡 찔러온다.

"이 자식……."

이렇게나 무시를 당했는데 그냥 넘어갈 수야 없었다. 내버려 두면 지금보다 더 놀려댈 것이다.

"나중에 울어도 모른다."

사이토는 마호의 목덜미를 잡아채 암흑 슬라이더를 향해 걷기 시작했다.

"꺄아~ ♪ 오빠한테 납치당한다~ ♪ 심한 짓을 당하고 흠뻑 젖을 거야~ ♪."

마호는 반대로 꺅꺅거리며 운반되었다.

그 옆을 시세이가 다코야키를 먹으며 걷고 있었다. 어느
틈에 추가로 입수한 것인지는 알 수 없었다. 아마 시세이
의 마력에 홀린 점원이 헌상하지 않았을까.

"오! 가까이서 보니까 박진감 넘치네!"

암흑 슬라이더는 거대한 도넛 모양의 놀이기구였다. 파
이프에서 흘러나온 고무보트가 도넛 모양 속을 360도로
회전했다.

거의 워터 슬라이더라기보단 롤러코스터에 가까웠다.
커플의 비명이 끊임없이 울려 퍼지고 수면에 도착한 고무
보트에서 손님들이 울면서 기어 나온다. 물가에 올라오자
마자 쇼크 상태로 무릎을 끌어안고 웅얼웅얼 중얼거리기
시작하는 여성도 있다.

"괜찮은 거야, 저거……?"

"감동해서 울 정도로 재밌었나 봐! 기대된다~ ♪."

사이토는 걱정했지만, 마호는 기적 같은 긍정 회로를 돌
리며 암흑 슬라이더로 달려갔다.

슬라이더 출발 지점은 빌딩 4층 정도의 높이였다. 세 사
람은 금속 계단을 끝없이 올라갔다. 걸어도 걸어도 도착하
지 않았다.

피곤해진 시세이가 사이토에게 두 손을 내밀었다.

"오빠, 피곤해. 안아줘."

"그래, 그래."

시세이를 들어 올리는 사이토.

마호가 사이토의 등에 달려들었다.

"나도 안아줘~!"

"둘은 무리야!"

"오빠도 참 비실비실하네~! 그러면 나한테밖에 인기 없다?"

"너한테는 인기 없어도 돼."

"허세 부리긴~ 사실은 기쁘면서~♪."

술도 마시지 않았는데 이상하게 치근대는 마호가 성가셨다. 그렇지만 불쾌하지도 않다는 점이 난감했다. 그런 사이토의 심경을 이해한 것인지 마호가 깔깔 웃으며 사이토에게 달라붙었다.

정상에 도달하자 원형으로 된 새까만 고무보트가 세 사람을 기다리고 있었다. 남성 스태프가 고무보트를 슬라이더 발사 지점에 두자 사이토가 고무보트에 올라탔다.

"오빠, 위험해지면 지켜줘♪."

"시세의 목숨은 오빠한테 맡길게."

사이토의 양옆에 마호와 시세이가 올라탄 채 사이토의 팔에 매달렸다. 두 사람의 가슴이 사이토의 팔을 끼우고 있고 새하얀 맨다리는 사이토의 다리에 눌려 있었다.

"손님, 위험하니 공간을 벌리고 타 주시겠어요?"

주의하는 스태프. 하지만 그 살의가 담긴 시선은 소녀들이 아닌 사이토를 향하고 있었다.

"에잉, 오빠랑 같이 있는 게 아니면 싫어~! 부탁해요, 직원분?"

"시세도 부탁해."

미소녀 두 명의 조름에 남자 스태프는 입술을 깨물고 고무보트를 밀었다. 그 찰나 사이토의 귓가로 저주의 말이 흘러들었다.

"……이게 지옥의 시작이다."

"내가 뭘 했길래아아아아악?!"

사이토가 뱉은 항의의 말은 고무보트와 함께 슬라이더에 삼켜졌다.

무서운 속도로 파이프를 미끄러져 떨어지는 고무보트. 순식간에 파이프에서 쏟아져 도넛 모양의 회전 장치 안을 핀볼처럼 회전해 나갔다.

마호는 꺅꺅거리며 사이토의 머리를 껴안았고 사이토는 입도 코도 마호의 가슴에 막혔다. 의외로 볼륨과 골짜기가 있다.

"오빠, 봐봐~! 세상이 빙글빙글해~♪."

"네 가슴 때문에 아무것도 안 보여!"

"아잉, 오빠도 참! 콧바람이 거칠어♪ 가슴에 닿아서 간지럽잖아~♪."

"그럼 지금 당장 날 풀어줘!"

사이토가 요구했지만, 마호는 웃으며 더더욱 사이토의 얼굴에 가슴을 짓눌렀다.

시세이는 사이토의 옆구리를 할짝거리며 핥고 있다.

"오빠, 짜. 긴장해서 땀 흘렸어?"

"지금 할 일은 아니잖아?!"

"나중이라면 오빠의 온몸을 핥아도 된다는 뜻?"

"아, 좋겠다! 나도 핥을래~♪ 수영복 벗기자~♪."

"너희들 워터 슬라이더에 집중 좀 해!"

긴장감 없는 미소녀 둘에게 휘감긴 채 시야를 빼앗긴 사이토는 상황도 확인하지 못한 채 상하좌우로 부딪히며 죽어가듯 비명을 내질렀다.

고무보트가 지상에 도착할 무렵에는 사이토는 자력으로 일어설 수 없을 정도로 피로에 절어 있었다. 그 와중에 수영복 반바지는 거의 벗겨져 있었다.

"……누가 이랬어?"

"시세는 안 했어." "내가 안 했어."

"둘이 동시에 대답하는 게 수상해! 너희 둘 다 범인이지!"

"범인 아니야." "범인 아냐."

시세이와 마호가 나란히 눈을 돌렸다.

여동생들의 호흡이 잘 맞는 것은 좋은 일이지만 놀이기

구를 타는 중간에 옷이 벗겨질 위기를 겪은 사이토로서는 달갑지 않은 일이었다. 감시원에게 들키기 전에 국부를 숨겼으니 망정이지 하마터면 대참사가 날 뻔했다.

두 번 다시 비극이 일어나지 않도록 사이토는 진지하게 타일렀다.

"너희들…… 알겠어? 다 큰 남자는 공공장소에서 발가벗으면 안 돼. 체포된다고."

이런 당연한 것을 설명해야 한다는 사실이 안타까웠다.

"응, 알았어!"

씩씩하게 대답하는 마호.

"정말 알았어……?"

사이토는 불안해졌다.

마호가 V사인을 보냈다.

"즉 오빠는 오늘 밤 내 앞에서 벗어준다는 뜻이지?!"

"그런 이야기는 전혀 안 했어!"

"했어~. '나는 마호 앞에서 벗고 싶어! 마호 팬티를 쓰고 침대에서 춤추고 싶어!'라는 오빠의 마음의 목소리를 수신했어!"

"네가 수신한 건 절대 내 마음이 아니야! 어딘가의 변태겠지!"

"오빠 변태."

"나 아니라고 했잖아!"

시세이에게마저 누명을 쓴 사이토는 비탄에 잠겼다. 적어도 여동생은 티끌이나마 사이토에 대한 존경심을 가졌으면 좋겠다.

마호가 사이토의 팔에 매달렸다.

"오빠, 또 타자! 또!"

"탈의 위험이 있는 놀이기구를 또 탈 수 있겠냐!"

"이번에는 아무 짓도 안 할게~♪."

"아까는 한 거지?!"

"아햐햐햐햐! 지금 그 말 취소! 부헙으붑!"

사이토에게 입을 좌우로 잡아당겨진 마호가 항복을 선언했다.

그리고는 검지로 입꼬리를 누른 채 입술을 핥는다.

"정말, 오빠도 참. 갑자기 여자의 안을 파고들다니 너무해~♪ 그런 것도 싫지 않지만♪."

역시 항복 따위 조금도 하지 않았다. 오히려 기뻐한다. 어떻게 하면 이 악마 같은 소녀를 겁먹게 할 수 있을지 사이토는 상상조차 할 수 없었다.

"그러고 보니 아카네는 어디 있지? 계속 안 보이는데."

"뭔가 좀 피곤하니까 쉬겠다면서 짐을 봐주고 있어."

"아픈 건가? 돌아가야 하는 거 아냐?"

"음, 그렇게까지 아픈 건 아니니까 괜찮다던데. 언니는 원래 이런 번화한 곳 별로 안 좋아하거든."

"나도 좋아하지는 않지만……."

마호가 어리둥절한 얼굴을 했다.

"어, 그럼 왜 둘이서 수영장에 오기로 한 거야?"

"둘이……? 누구랑 누가?"

"오빠랑 언니 말야. 처음엔 둘이 같이 수영장에 갈 예정이었잖아?"

"뭐……? 무슨 말이야……?"

그 아카네가 왜 자신을 홀로 수영장에 초대한단 말인가. 사이토는 이해할 수 없었다. 도대체 어떤 계략을 품고 있길래. 요즘 아카네에게서는 미움밖에 사지 않은 것 같은데.

──혹시…… 내가 뭔가 오해하고 있는 건가……?

마호와 시세이에 손에 끌려가면서 사이토는 깊이 고민했다.

피도풀과 가까운 광장 가장자리에서 아카네는 바닥에 주저앉아 멍하니 있었다.

놀이기구 대부분은 스마트폰 반입이 금지되어 있어서 아카네의 발 언저리에는 모두의 스마트폰과 동전 지갑, 차 페트병 등이 덩그러니 놓여 있었다.

어차피 아카네는 부끄러워서 사이토에게 수영복 감상조차 묻지 못했고, 이런 대담한 차림으로는 제대로 사이토와 놀 수 있을 것 같지도 않았다.

모처럼 왔으니 여동생이나 친구들이 즐겁게 놀면 좋은 일이고, 짐 당번을 맡아주는 것도 상관없었지만 묘하게 허무했다.

자신은 또 다시 기다리고 있을 뿐이다.

어렸을 때와 마찬가지로 진짜 원하는 것을 솔직하게 말하지도 못한다.

——수영장 같은 곳엔 오지 말걸 그랬어.

아카네가 한숨을 쉬고 있는데 어깨에 누군가의 손이 닿았다.

"이봐."

남자의 손과 남자의 목소리.

——설마, 헌팅?!

아카네는 한기를 느꼈다.

이런 곳에서는 사심으로 가득 찬 음흉한 무리가 많다고 들은 적은 있지만, 자신이 표적이 될 줄은 몰랐다. 사이토도 없으니 혼자 격퇴할 수밖에 없었다.

"이……!"

아카네가 주먹을 굳히고 째릿 노려보며 돌아보있다.

"진정해. 난 너랑 싸울 생각이 없어."

사이토가 두 손을 들어 항복 포즈를 취하고 있었다.

"사, 사사사사이토?! 왜 헌팅 같은 짓을 해?! 최악의 남자야!"

예상 밖의 출현에 아카네는 심장이 요동치는 것을 느꼈다.

"헌팅 안 했어! 네가 쉬고 있다고 마호가 그러길래 나도 잠깐 쉬러 온 거야."

"쉬는 거라면 다른 데서 쉬면 되잖아."

사이토는 어색한 듯 뺨을 긁적였다.

"뭐, 그렇긴 한데…… 딸기 우유 사 왔는데 마실래?"

"어? 어어……."

내민 컵을 받아들고 아카네가 빨대를 물었다.

달았다.

차를 마시는 것 외엔 딱히 할 일이 없었기에 목은 마르지 않았지만, 그래도.

몸속에서 메말라가고 있던 것이 채워지는 듯한 느낌에 아카네는 침을 삼켰다.

──혹시 내가 쓸쓸해할까 봐 와준 걸까.

옆에 앉은 사이토를 보며 고동이 빨라지고 있음을 깨달았다.

착각일지도 모르지만, 사이토는 그런 배려를 잘해주는 소년이다. 그리고 그의 배려에 자연스럽게 기뻐지는 자신이 좀 분했다.

"넌 기가 센 거에 비해 별로 고집이 없다고 할까. 언니 체질이란 말이지."

"언니 체질……?"

그런 말을 들은 것은 처음이었다.

"원하는 거나 하고 싶은 걸 참기도 하고, 싸움을 걸 때도 '나는 이렇게 했으면 좋겠다'가 아니라 '상식적으로 이렇게 해야 해'라고 하잖아."

"뭐, 뭐? 다 아는 것처럼 말하지 마!"

아카네는 휙 고개를 돌렸지만 사이토에게 간파당한 것은 싫지 않았다. 사이토는 제대로 아카네를 봐주고 이해해 주려고 했다.

"수영장에 불러줘서 고마워. 뭔가 아카네를 화나게 한 건가 싶었는데 조금 안심했어."

"화 안 났어. 나는 그냥……."

부끄러울 뿐이야, 라고는 말할 수 없었다. 사이토를 의식해 버린 순간 정상적인 대응을 하지 못하게 되었다니, 그런 게 알려지는 것은 아카네의 자존심이 허락하지 않는다.

"그냥……?"

"아무것도 아냐!"

얼굴을 숙이는 아카네.

"잘 모르겠지만 가끔은 고집도 부리고 해. 혼자 스트레스받아서 폭발하는 것보다는 미리 가스를 빼두는 편이 좋으니까."

"폭발이라니……."

자신을 화산이라고 생각하고 있는 걸까 싶어 아카네는

서글퍼졌다. 하지만 사이토와 싸워댔던 나날을 떠올리면 틀린 말도 아니니 반박할 수가 없다.

"저, 정말…… 고집부려도 돼?"

아카네는 사이토의 얼굴을 올려다보았다.

"그럼."

고개를 끄덕이는 사이토.

"뭐든?"

"죽으라고 하는 건 좀 곤란하지만."

"그런 건 요구 안 해! 나를 뭐라고 생각하는……."

언성을 높이는 아카네지만 도중에 입을 꾹 닫았다. 자신은 사이토와 말다툼을 하고 싶지 않았다. 하고 싶은 건 따로 있다. 사이토와 함께 지내고 싶어서 수영장에 부른 거니까.

아카네는 사그라지는 듯한 목소리로 말했다.

"그럼…… 나한테 수영 알려줘."

"너 수업에서는 수영 꽤 했던 것 같은데?"

사이토가 의아한 표정을 지었다.

"하, 한동안 수영을 하지 않았더니 못하게 됐어! 지금의 나는 플러터킥 정도밖에 못 해! 물에 들어가기만 해도 가라앉아서 두 번 다시 떠오르지 않을 정도야! 그냥 쓸데없는 말 말고 알려 줘!"

아카네가 정신없이 지껄여댔다.

너무 필사적인 스스로가 꼴사나운 나머지 그런 자신을 사이토가 바라보는 것이 두려워 두 손으로 얼굴을 가리고 만다. 무릎이 떨리는 것을 들킬 것만 같아 발톱 끝을 겹쳐 떨림을 억눌렀다.

"……알았어. 갈까?"

사이토는 몸을 일으켜 아카네에게 손을 내밀었다.

인간이란 그렇게 갑자기 수영할 수 없게 되는 것일까.

그런 의문을 느끼는 사이토지만 좀처럼 고집을 부리지 않는 아카네의 부탁이라면 응하지 않을 수도 없다. 분명 아카네에겐 중요한 이유가 있는 거겠지.

사이토는 모두의 짐을 사물함에 맡겼다.

"그 카디건도 넣어두자."

"하지만……."

아카네는 수영복 위에 걸친 카디건을 지키듯이 껴안았다.

피부를 드러내는 것에 거부감이 있는 걸까. 학교 수업 때는 신경 쓰는 기색은 없었는데.

"헐렁헐렁한 옷을 입은 채로는 수영 연습도 못 해."

"윽…… 그렇지."

아카네는 머뭇머뭇 카디건을 벗었다. 그녀의 체온이 남은 카디건이 사이토의 손에 넘어갔다.

"저, 저기…… 어때……? 새로, 사봤는데……."

고개를 숙인 채 아카네가 올려다본다.

원피스 타입의 검은 수영복. 끈이 목에 묶여 있는 것이 초커 같아서 요염했다. 촉촉하고 매끄러운 등이 드러나 새하얗게 반짝이고 있다.

사랑스러운 프릴 달린 밑단에서 뻗어 나온 것은 투명감 넘치는 허벅지. 원피스 가슴 쪽에서는 감미로운 굴곡이 엿보였다.

평소 입는 옷과는 다른 대담한 수영복에 몸을 감싼 채 부끄러워하며 서 있는 아카네는 더할 나위 없이 아름다웠다.

"뭐, 뭐어…… 좋지 않아?"

"좋다는 건 무슨 뜻이야? 난 이런 수영복은 입지 않는 편이 좋다는 뜻이야?! 알아, 그런 건! 그래서 숨기고 있었던 거야!"

아카네는 울먹이는 얼굴로 사이토에게서 카디건을 다시 가져가려 했다.

"그렇지 않아! 그…… 엄청나게 좋다는 뜻이야! 묘하게 와 닿는다고 할까, 어른의 색기가 있다고 할까! 어쨌든 난 마음에 들어!"

사이토는 엄지손가락을 내밀었다. 자신도 변태 같은 말을 뱉고 있다고 생각하지만 어쩐지 머리가 혼란스러워서 무난한 평가를 할 수 없었다.

분명 아카네도 기분 나빠하겠지, 성범죄자 취급을 받

고 매도당할 것이다. 사이토는 그렇게 생각하고 각오를
다졌다.

"뭐, 뭐야, 그게……. ……변태."

얼굴을 붉힌 아카네가 사랑스럽게 속삭였다.

변태는 욕일 텐데 욕으로 들리지 않는다. 오히려 사이토
의 속 깊은 곳에서 더 변태라고 불러달라고 외치고 싶은
알 수 없는 충동이 터져 나왔다.

"완전히 변태다──!"

죄책감과 참기 힘든 감정에 사로잡힌 사이토는 사물함
문에 머리를 박았다.

"잠깐, 사이토?! 지금 그건 진심이 아니었어! 락커 부수
면 혼날 거야! 사이토 머리도 부서질지도 몰라!"

아카네가 질겁하며 사이토를 사물함에서 떼어놓았다.

거칠게 숨을 몰아쉬는 사이토.

"미, 미안……. 변태라서 미안해……."

"괘, 괜찮아. ……딱히 변태라도."

아카네는 귀를 물들이고 작은 소리로 중얼거렸다.

수영 지도를 부탁받은 이상 제대로 역할을 해내야겠다
고 생각한 사이토는 고민했다. 일단 수영 능력을 향상하는
방법에 관한 책도 읽은 적이 있으니 그 지식을 사용하면
아카네의 훈련은 가능할 것이다.

"일단 근력 운동부터 시작할까?"

"근력 운동?! 어째서?! 내가 부탁한 건 수영 연습인데?!"

눈을 부릅뜨는 아카네.

"무슨 일이든 기초가 중요한 법이야. 다행히 내가 먹을 프로틴을 가져왔으니까 오늘은 그걸 나눠줄게. 하지만 가능하다면 본인 전용 프로틴을 준비하는 편이 좋아."

"프로틴은 마시기 싫어! 근력 운동이나 그런 본격적인 운동도 지금은 하고 싶지 않아!"

"지금 안 하면 어쩌려고. 젊은 날은 한순간이야."

"대체 무슨 말을 하는 거야……?"

역설하는 사이토의 말에 아카네가 어이없는 얼굴을 했다. 성의 있게 지도하려고 했던 사이토로서는 예상치 못한 반응이었다.

"그럼 이건 어때? 수영에 필요한 등 근육과 복근을 자연스럽게 강화해주는 '고양이 포즈'라는 스트레칭 방법이 있는데……."

"고양이?!"

갑자기 아카네가 몸을 내밀었다. 고양이를 좋아하는 아카네라면 흥미를 보일 것이라고 생각하고 말한 것인데, 역시나 먹혀들었다.

"무, 무슨 포즈야, 그건? 설명만이라도 해봐."

아카네가 안절부절 어쩔 줄 몰라 했다.

"바닥에 양손과 무릎을 대고 등을 구부렸다 폈다를 반복하는 거야. 고양이가 낮잠을 방해받아 귀찮다는 듯 기지개를 켤 때의 포즈지."

"꽤 부끄럽지 않아?!"

"하지만 '고양이'인데? 동경하는 고양이가 될 수 있는 천재일우의 기회인데?"

"으, 윽…… 그래도……."

머뭇거리는 아카네.

그렇게 부끄러워하니 사이토는 어떻게든 아카네의 고양이 모습을 보고 싶었다. 아카네와의 거리를 좁히며 그녀를 압박했다.

"괜찮아, 아무도 안 봐. 나만 확실하게 지켜봐 줄 테니까."

"그게 싫은 거야!"

아카네가 사이토를 밀쳤다.

"평범하게 수영을 알려줘! 손을 잡아주기만 하면 되니까!"

사이토가 꿀꺽 침을 삼켰다.

"그런 어설픈 훈련으로 태평양을 횡단할 수 있겠어……?"

"태평양을 횡단할 계획은 없어!"

"전 세계가 물로 뒤덮였을 때 살아남을 확률을 조금이라도 높이려면……."

"어느 쪽이든 살아남을 수 없어!"

"나는 살아남겠어. 비록 온 인류가 멸망해도 말이지."

"그러게. 넌 살아남겠네."

아카네는 인정했지만, 사이토의 의지력에 감탄하는 기색은 아니었다. 바선생에 지지 않을 끈질긴 생명력이구나, 하는 느낌이었다.

사이토와 아카네는 유수풀로 가서 계단을 통해 물로 들어갔다. 오랜 시간 바깥에 있던 탓에 물이 차갑게 느껴진 사이토는 몸을 떨었다.

아카네가 조심스럽게 사이토 쪽으로 두 손을 내밀었다.

"그럼…… 부탁해……."

"오, 오오."

아카네의 손을 만지는 것이 처음도 아닌데 사이토는 왠지 긴장하고 말았다. 아카네의 젖은 두 손을 잡자 그 감촉이 전보다 선명하게 느껴졌다.

사이토가 아카네의 손을 잡아당기고 아카네는 물에 몸을 띄운 채 플러터킥을 했다. 제대로 된 운동이 되고 있다는 느낌은 들지 않았다. 제삼자가 보기에는 그저 노닥거리는 커플로밖에 보이지 않을 것이다.

"이런 걸 하고 싶었어……?"

"그래! 이런 걸 하고 싶었어!"

어딘가 석연치 않아 보이는 사이토와는 반대로 아카네는 기분이 좋아 보였다. 요즘의 서먹서먹하던 태도가 거짓말인 것처럼 즐겁게 웃고 있었다.

수면으로 보이는 드러난 등. 투명한 물을 때리는 매끈하고 새하얀 맨다리. 튀어나온 엉덩이는 사랑스럽고 딸기처럼 물든 귓불의 붉은 빛이 눈에 아른거렸다.

계속 보고 있자니 가슴이 쿵쿵거려 사이토는 아카네에게서 시선을 돌렸다. 부끄러움을 얼버무리듯 등을 돌린 채 아카네를 끌어당기는 속도를 올렸다.

"꺄악?! 잠깐! 너무 빨라!"

"이 정도 스피드에 엄살을 부리면 격동하는 시대의 흐름은 따라갈 수 없어!"

"시대 얘기는 한 적도 없어! 다른 사람한테 부딪치잖아! 위험하다고!"

"최신형인 내겐 충돌 방지 기능이 달려 있지!"

"기다리라고 했잖아~!"

아카네가 사이토의 등에 매달리며 그를 제지했다.

그녀의 젖은 피부가, 목덜미와 가슴의 부드러움이 사이토의 피부를 침식했다. 여유를 잃은 한숨 소리가 사이토의 귓불을 간지럽혔다. 아카네는 공포로 정신이 없는 것인지 그 두 다리까지 사이토의 허리에 휘감고 있었다.

여동생이나 다름없는 시세이라면 몰라도 평소 몸도 마음도 거리가 먼 아카네와 밀착된 상황에 사이토는 고동이 빨라지는 것을 느꼈다.

"좋아, 내가 잘못했어. 이제 안 할게."

"……정말?"

의심스러운 기색으로 묻는 아카네. 그 부드러운 몸은 여전히 사이토를 껴안고 있었다.

"정말로. 그러니까 날 좀 풀어줄래? 이 자세는 좀 위험해."

듣고 난 뒤에야 알아차린 것인지 아카네가 황급히 사이토에게서 멀어졌다.

"지, 지금 그건 오해야! 널 껴안고 있었던 게 아니라고!"

뺨을 상기시킨 채 찰싹찰싹 수면을 때리며 변명한다.

"누가 봐도 확실하게 껴안고 있었잖아!"

"네가 나한테 등을 내미니까 그렇지! 이건 성희롱이야!"

"나 때문이라고?!"

억울한 책임 전가에 사이토는 동요를 금치 못했다.

그때, 유수풀 위에서 시세이와 히마리와 마호가 흘러오는 것이 보였다. 새로 빌린 것인지 셋이서 상어 모양 튜브를 타고 있었다.

"다른 애들도 있네. 합류할까?"

사이토는 시세이 일행 쪽으로 가려고 했다. 하지만 아카네가 사이토의 팔을 잡고 말렸다.

"……지 않아."

고개를 숙이고 속삭이는 아카네. 아까와는 달리 슬픈 표정을 짓고 있었다.

"왜 그래?"

"이쪽!"

아카네는 사이토의 손을 잡아 물 바깥으로 나왔다. 유수풀에서 도망치듯 떨어지더니 지하 구역으로 가는 계단을 뛰어 내려간다.

지하에는 인공 동굴 같은 공간이 있었다.

울퉁불퉁한 바위 같은 기둥, 횃불을 본뜬 옅은 조명. 지하호를 방불케 하는 수영장은 온천만큼이나 따뜻했다. 수영을 위한 장소가 아닌지 손님들은 앉아서 쉬고 있다.

"온천까지 딸려 있다니 굉장하네. 여기 오고 싶었어?"

"어? 으응."

아카네가 뜨거운 물 속에 앉자 사이토도 그 옆에 주저앉았다.

다리를 쭉 뻗고 어깨까지 담그니 뜨거운 물이 몸을 따뜻하게 데워주었다. 실컷 노느라 지쳐있던 근육이 풀려가는 감각이 기분 좋았다.

하지만 사이토는 주위의 상황을 눈치채고 몸을 굳혔다.

이 동굴 온천, 묘하게 커플이 많았다. 그렇다기보단 거의 커플밖에 없다.

어둑어둑한 공간에서 남녀가 달라붙어 키스하거나 포옹을 하거나 남자 무릎에 여자가 올라타는 등 다들 한껏 달라붙어 있다.

환기가 안 되는 탓에 연기가 가득 차서 그런 것일까. 묘하게 커플들이 더 대담한 행위를 하며 음란한 분위기가 감돌고 있었다. 어디선가 희미하게 달콤한 목소리까지 들려왔다. 완전히 '그런 것'을 위한 장소다.

──아카네는 이런 곳에 오고 싶었던 건가?!

사이토가 깜짝 놀라 옆을 바라보니 아카네는 두 손으로 얼굴을 가린 채 몸을 떨고 있었다. 아카네도 예상 밖의 사태였던 모양이다.

커플에게는 절호의 데이트 장소이지만 연애와 무관한 사이토와 아카네에게는 어색할 뿐이었다.

"가, 갈까!"

사이토가 일어서자 그 손을 아카네가 움켜쥐었다.

"……안 돼. 가지 마."

조르는 듯한 목소리가 아카네의 목에서 새어 나왔다. 정말 그 흉포한 소녀가 말한 게 맞나 싶어 자신의 귀를 의심하는 사이토, 하지만 아카네는 촉촉한 눈동자로 사이토를 올려다보았다.

저항할 수 없는 달콤한 압력에 사이토는 앉을 수밖에 없었다.

아카네는 사이토의 손을 잡은 채 뜨거운 물에 입 언저리까지 담그고는 무릎을 껴안았다. 훤히 드러난 동그란 등, 반질거리는 무릎에 사이토는 몸을 떨었다. 마치 둘이 목욕하는 것 같은 느낌에 마음이 진정되질 않았다.

어쩌면 아카네는 모두와 합류하고 싶지 않은 것일까.

어쩌면 자신은 처음부터 착각하고 있었던 것이 아닐까.

"한 가지…… 묻고 싶은데."

"뭐를?"

망설이던 사이토는 의문을 제시했다.

"수영장…… 둘이서 올 생각이었어?"

"……!"

아카네는 몸을 움츠리고 입술을 꼭 다물었다. 그녀의 얼굴이 어둑어둑한 어둠 속에서도 알 수 있을 정도로 붉어졌다. 대답을 듣지 않아도 답을 알 수 있었다.

"미안해. 설마 둘이 오고 싶어 할 줄은 몰랐어."

"딱히…… 상관없어. 지금은 둘이고."

입술을 삐죽 내밀고 중얼거리는 아카네가 믿기지 않을 정도로 사랑스러웠다.

아마 한동안 가족 간의 단란한 시간이 없었으니, 그녀는 둘이서 수영장에 오고 싶었던 거겠지. 그것뿐이지 결코 다른 의도는 없을 것이다.

그것을 머리로는 알고 있어도. 사이토의 심장은 시끄러울 정도로 쿵쾅거렸다.

온몸에 고열이 나고 아카네의 손이 닿아 있는 곳은 열기로 데일 것만 같다.

분명 이건 온천의 열기 때문일 것이다.

아무래도 자신은 뜨거운 물의 열기에 취한 것 같았다.

냐

사, 살짝만
해볼까.

'고양이
포즈'
신경
쓰인단
말이지…

냐아~옹

휘

그런 거
아니야
……!

으아아
아아

타
앙…

씨익…

훗…

　하굣길, 사이토가 상가 서점에 들러 미스터리 서적을 뒤지고 있는데 스마트폰에 아카네의 메시지가 도착했다.

　『사이토! 집에 쥐가 나왔어!』

　통로 옆으로 다가간 사이토가 답장했다.

　『오, 좋겠네. 사진 찍어줘.』

　『어째서! 위험하잖아!』

　『네가 더 강하잖아. 외계인이 쳐들어와도 혼자 수백만 군세를 쓰러뜨릴 것 같은데.』

　『못 쓰러뜨려! 난 그런 괴물이 아니야!』

　『즉 쥐가 나와서 무서우니까 빨리 돌아와달라는 거야? 너 은근 겁이 많구나? 이제 알겠네.』

　살짝 자극해보는 사이토.

　『우습게 보지 마! 전혀 무섭지 않거든! 쥐 따위는 그냥 포유류야!』

　예상대로 아카네가 허세를 부렸고, 사이토는 서점 한쪽에서 작게 웃음을 터뜨렸다.

　부부로서의 생활을 이어가면서 알게 된 일이지만, 이 소녀를 놀리는 일은 꽤 즐거웠다. 금방 발끈하고 폭주하면 알아들을 수 없는 말을 내뱉는다. 얼굴을 붉힌 채 글자를 치고 있는 모습이 눈에 선했다.

　얼굴을 마주한 채 놀리면 신변의 위험이 있지만 이렇게

통신망을 통하면 그저 롤러코스터 정도의 안전한 스릴이었다.

『그래도 나한테 의지하고 싶지? 그래서 일부러 SOS를 보낸 거지?』

어지간히도 화가 난 것인지 곧 아카네에게서 전화가 걸려왔다. 사이토는 심장이 덜컹 내려앉는 느낌에 거절 버튼을 눌렀다.

그러나 아카네는 다시 전화를 걸어왔다.

또다시 거절하는 사이토.

또 전화.

바로 거절.

계속 떨려오는 진동. 계속 떨리는 사이토.

아무래도 드래곤의 역린을 건드린 것 같다. 안전한 스릴이라는 것은 착각이었다. 이러다 통신망 너머로도 저주당할 우려가 있었다. 아카네의 격노는 시공을 초월한다.

한참이 지나 전화 폭풍이 끝났다. 사이토가 가슴을 쓸어내리고 있는데 이번에는 아카네가 메시지를 보내왔다.

『그래, 무서워! 빨리 돌아와!』

"……읏."

무심코 소리가 흘러나온 사이토. 기가 센 아카네에게서 가끔 엿보이는 솔직한 감정은 욕설의 몇만 배에 해당하는 파괴력을 가졌다.

『알았어. 돌아갈게..』

『고마워!』

감사의 말이 표시된 스마트폰을 사이토는 바지 주머니에 집어넣었다. 스마트폰에서 전해지는 열감이 간지러웠다.

해 질 녘의 상가를 빠른 걸음으로 걷고 있는데 히마리의 모습이 눈에 들어왔다. 여행용 보스턴백과 학생 가방을 들고 처량한 모습으로 길가에서 고개를 숙이고 있다.

"히마리? 여행이라도 가는 거야?"

"아…… 사이토 군."

말을 거는 사이토를 본 히마리가 고개를 들었다.

"여행은 아니지만…… 집에 문제가 좀 생겨서. 그 사람이 화가 엄청나게 나서 당분간 집에 못 들어갈 것 같아."

"또인가……."

상처받은 듯 미소 짓는 히마리의 모습에 사이토는 가슴이 먹먹해지는 것을 느꼈다. 혼자 울고 있었는지 히마리의 눈은 부어 있었다.

"일단 사과해 보는 게 어때? 네가 잘못한 건 아니겠지만 그냥 적당히 반성하는 척하고 화를 풀어달라고 하면."

"사과해도 용서 안 해줘. 저번에도 그랬잖아?"

"듣고 보니……."

사이토가 히마리의 방에서 스터디 그룹을 하던 날 새엄마인 리에코는 사과에 귀를 기울이려 하지 않았다. 오히려

격앙돼 싸우다가 그대로 나가떨어진 것이다.

"그 사람에게 있어 딸려온 나는 방해물이나 다름없어. 나만 없으면 아빠랑 단둘이 살 수 있으니까."

"그런 건가……."

히마리는 고개를 끄덕였다.

"너무 화나게 하면 이번에야말로 집에서 쫓겨날지도 모르니까 화가 식을 때까진 밖에서 시간을 보내려고. 그 사람한테 아빠와 단둘이 있을 시간을 주면 기분이 누그러져서 날 용서해 줄 테니까."

심리 조작에 능한 히마리다운 합리적인 판단이지만, 그 판단은 너무 서글펐다. 본래 부모와 지낼 권리는 자녀에게 있지 않은가. 평범한 가정에서 자라지 못한 사이토는 평범함이 어떤 것인지 몰랐지만.

"얼마나 못 들어가는데?"

히마리는 허공을 올려다보며 고민했다.

"음, 이번에는 엄청 화났으니까 한 일주일 정도?"

"기네. 그동안 인터넷 카페에 묵으려고?"

"역시 일주일 치 돈은 없으니까 노숙을 해야겠지?"

사이토가 흠칫 놀랐다.

"노숙?! 친구에게 재워달라고 못 해? 히마리는 인기 많잖아."

"친구에게 의지하는 건…… 무리야."

"네 부탁을 거절할 녀석은 없을 거 아냐."

"집안 사정을 얘기해야 하고. 밝은 이미지가 무너지면 또 괴롭힘을 당할지도 모르니까."

"······."

침묵하는 사이토.

반의 인기인이라는 포지션은 히마리의 필사적인 연출을 통해 쌓아 올린 자리였다. 어떤 균열로 균형이 무너져 바닥까지 굴러떨어질지는 알 수 없었다. 그녀에게 있어 과거의 절망으로 되돌아가는 것만큼은 절대 피하고 싶은 일일 것이다.

히마리는 심각한 공기를 덮듯이 웃어 보였다.

"괜찮아. 노숙해도 나 같은 건 덮칠 사람도 없어."

"많이 있어."

학교 지정 교복을 입고 있었음에도 히마리의 매력과 색기는 억누를 수 없을 만큼 흘러넘치고 있었다. 도저히 같은 고등학생 같지 않았다. 야외에서 하룻밤이라도 보낸다면 욕망에 사로잡힌 나쁜 놈들에 의해 돌이킬 수 없는 일이 생길지도 모른다.

소중한 친구가 그런 일을 당하는 것을 사이토는 모른 척할 수가 없었다.

"음······ 그럼 우리 집으로 올래?"

히마리가 고개를 갸우뚱한다.

"우리 집이라니, 사이토의 집을 말하는 거야?"

"그래, 방이라면 더 있고, 이불 여분도 있어."

할아버지 텐류는 아이방이니 뭐니 지껄였지만, 아이가 늘어날 예정은 전혀 없었다. 사이토와 아카네가 그렇게 될 미래는 있을 수 없다.

히마리가 걱정했다.

"괜찮아? 아카네가 싫어하지 않을까?"

"어째서? 아카네는 오히려 좋아할 거야."

줄곧 앙숙 사이였던 사이토와 단둘이 있는 것보다 좋아하는 절친과 보내는 편이 훨씬 더 기쁠 것이다.

히마리가 조심스러운 눈짓으로 사이토를 바라보았다.

"사이토 군에겐…… 민폐 아니야?"

어깨를 으쓱하는 사이토.

"딱히. 시세나 마호도 자주 자고 가니까. 그 녀석들과 달리 히마리는 아침부터 저녁까지 떠들진 않겠지?"

"응…… 안 그럴게. 나 사이토네 집에 머물고 싶어."

히마리가 보스턴백 벨트를 움켜쥐었다.

집으로 돌아가는 사이토의 뒤를 히마리가 따라왔다. 사이토의 기분을 상하게 하면 기댈 곳이 없어질까 두려운 것인지 말 한마디 없이 얌전히 걷고 있다. 그런 모습이 안타까워 사이토는 히마리가 조금이라도 집에서 편안하게 지내길 바랐다.

자택에 돌아온 사이토는 현관문을 열었다. 문을 열고 안으로 들어서자 주방 쪽에서 아카네가 달려왔다. 기분 탓인지 얼굴이 반짝거리는 것 같다.

"어서 와! 목욕물도 데워놨고 밥도 금방 다 될 거야!"

"아카네, 집에서는 꽤 제대로 '아내' 역할을 하는구나."

사이토 뒤에서 히마리가 말을 걸었다.

"어, 히마리? 무슨 일이야?"

눈을 동그랗게 뜨는 아카네.

본인이 설명하는 것은 거부감이 있을 것이라 생각한 사이토가 히마리를 대신해 대답했다.

"잠깐 집을 나온 것 같아. 달리 묵을 곳이 없다고 하는데 우리 집에서 재워줘도 될까?"

"어……?"

아카네가 망설였다.

히마리가 황급히 손을 저었다.

"역시 민폐겠지! 미안해, 너무 어리광부린 것 같아. 나는 노숙으로 어떻게든 할 테니까 신경 쓰지 마!"

"노숙은 안 돼!"

"하지만 아카네가 곤란하잖아?"

"나는…… 곤란한 건 아니지만……."

아카네와 히마리는 불편한 듯 서로 시선을 돌렸다.

——뭐지, 이 분위기는?

사이토는 갸우뚱했다. 연인보다 더 친애하는 두 사람이 왜 묘하게 서로를 멀리하는 거지. 아카네라면 대환영할 줄 알았는데.

"정말 미안해! 그럼 학교에서 보자!"

히마리는 미안한 얼굴로 현관을 나서려 했다.

"기다려! 지내도 되니까!"

아카네가 급히 손을 뻗어 히마리의 팔을 잡는다.

히마리는 불안한 얼굴로 아카네의 표정을 살폈다.

"괜찮아……? 방해 아니야……?"

"괜찮아! 절친이 무서운 일을 겪는 건 나도 원치 않아! 방해되는 건 사이토 쪽이고! 몇 년이든 몇백 년이든 있어!"

아카네는 자포자기한 얼굴로 소리쳤다.

주방 싱크대 앞에서 아카네와 히마리가 나란히 서서 저녁 준비를 하고 있었다.

"아카네랑 밥 만드는 거 오랜만이다~. 어렸을 땐 자주 같이 만들었지!"

"예전부터 히마리는 집을 자주 나왔으니까."

화기애애하게 수다를 떨며 요리하는 두 사람을 향해 사이토가 소파에서 물었다.

"나도 뭐 도와줄 거 없어?"

"없어. 주방만 좁아지니까 사이토 군은 응원이라도 하고 있어~♪."

"응원이라……."

도움보다 더 어려운 요청이었다. 어떻게 하면 두 사람에게 좋은 동기부여를 할 수 있을까 사이토는 고심했다.

"히마리도 편하게 있어도 되는데? 손님이잖아."

"재워주는데 신세만 질 순 없지. 조금이라도 도움이 되고 싶어."

"일손이 있으면 나야 좋지. 이 채소 좀 썰어줄래?"

"예썰!"

히마리가 경례 자세를 하더니 익숙한 손놀림으로 양배추를 썰기 시작했다. 역시 오래된 친구인 만큼 호흡도 완벽하게 잘 맞아떨어졌다. 화기애애한 공기를 만끽하고 싶었던 사이토는 거실에서 책을 읽으며 두 사람을 기다렸다.

화기애애한 공기……였을 텐데.

환풍기가 꺼지고 음식이 즐비한 테이블에는 긴장감 어린 공기가 감돌고 있었다. 해산물 샐러드와 토마토수프. 거기까지는 일반적인 식단이고 굉장히 맛있어 보이는데.

메인 디쉬로 등장한 메뉴가 문제였다.

스테이크랑 함박스테이크다.

"왜 고기 요리가 두 개나 있어……?"

사이토는 의문을 제기하지 않을 수 없었다.

아카네가 테이블 위에 손을 내리쳤다.

"함박스테이크를 만들고 싶은 기분이었어! 안 돼?!"

"안 되는 건 아니지만……."

"나도 스테이크 만들고 싶은 기분이었어. 재료는 근처 마트에서 사 왔어."

미소 짓는 히마리.

사이토는 팀의 내부 의사가 통일되지 않았다는 것을 직감했다. 과거 출시를 고대했던 게임이 모르는 사이에 두 개의 타이틀로 나눠지고, 거의 같은 스토리에 캐릭터만 바뀐 적이 있었는데 지금이 딱 그런 느낌이었다.

도대체 아카네와 히마리 사이에 어떤 의견 충돌이 있었던 걸까. 만물을 파괴하고 싶은 아카네의 흉포함이 함박스테이크를 낳았고, 모든 것을 상냥하게 감싸고 싶은 히마리가 스테이크라는 결론을 끌어낸 걸까.

"빨리 먹어." "먹어봐, 사이토."

"아, 으응……."

두 사람의 재촉에 사이토는 포크와 나이프를 집어 들었다.

우선 스테이크를 썰어 입에 넣었다. 조금만 힘을 주면 사르르 녹는 고기 질감. 내부에서 단맛이 나는 육즙이 흘러나와 혀가 녹을 정도의 쾌락을 주었다. 돈이 얼마나 들었는지 알기 두려울 정도의 고급스러움이다.

이어 사이토는 함박스테이크도 썰어 입에 넣었다. 이것

도 맛있다. 국산 소로 만든 것 같은 다진 고기 외에도 그 안에 견과류와 후추가 곁들여져 있어 복잡한 맛을 선사했다. 함박스테이크 위에 뿌려진 브로콜리 소스도 훌륭하다.

사이토의 일거수일투족을 아카네와 히마리가 뚫어지게 관찰했다. 세상조차 질투할 만한 미소녀 두 명의 시선을 받는 것은 사치스러운 시간일지도 모르겠지만, 사이토는 마음이 편치 않았다.

왜냐하면 이다음에 무엇이 기다리고 있을지 쉽게 상상이 갔으니까.

""어느 쪽이 맛있어?""

아름다운 소녀들이 한목소리로 사이토에게 압력을 가했다. 히마리는 탁자 위에서 주먹을 불끈 쥐고 있고, 아카네는 심지어 칼을 쥐고 있다.

어느 쪽을 택해도 멀쩡하게 테이블에서 탈출할 수 없을 것 같다. 상황에 따라서는 사이토가 스테이크 혹은 함박스테이크로 가공될 위험까지 있었다.

"지난번부터 왜 자꾸 이상한 선택을 강요하는 거야……?"

사이토는 언제든지 의자에서 이탈할 수 있는 자세를 한 채 물었다. 수영장 때도 누가 제일 귀엽냐고 따져와서 고생했다.

"그건…… 그치?" "그치……?"

아카네와 히마리가 얼굴을 마주 보며 자기들끼리 통하

고 있는 것이 두려웠다. 사이토는 상황을 전혀 읽을 수 없었기에 더 무서웠다.

"빨리 골라! 나랑 히마리, 둘 중 어느 쪽이 맛있어?!"

"그 질문은 여러모로 위험하지 않을까?!"

"위험해?! 내 요리가 위험하다는 거야?! 죽이겠어!"

"그런 게 아냐! 죽이지 말아주세요!"

저녁 식사 때 목숨을 구걸하고 있는 사이토.

음식 맛을 비교하려고 해도 이제 와선 목으로 제대로 넘어가는지조차 알 수 없다. 어떤 방법으로 이 자리를 헤쳐나가야 할까 하는 생각밖에 안 들었다.

절체절명의 스릴에 떨며 식사를 마친 사이토는 접시를 안고 싱크대로 달려갔다.

"설거지는 내가 해둘게! 너희는 먼저 목욕해!"

결국은 판단을 보류해 버린 것에 대한 최소한의 참회였나. 앞으로 아카네뿐만 아니라 히마리까지 동거하는 이상 적이 두 배로 늘어나는 사태는 피하고 싶었다.

"히마리, 먼저 들어갈래?"

"기왕이면 같이 들어가자. 머리 서로 감겨주고 싶어!"

"좋아. 나 히마리가 머리 말려주는 거 좋아."

"나도 아카네가 머리 만져주는 거 좋아♪ 묘하게 마음이 편하거든."

등 뒤에서 아카네와 히마리가 재잘거리는 소리를 들으

며 사이토는 묵묵히 밥그릇을 씻었다. 두 사람의 과한 친밀함은 1학년 때부터 알고 있었지만 가까이서 듣는 것은 거북했다.

약간의 소외감을 느낀 사이토 뒤에서 히마리가 속삭였다.

"사이토 군도…… 같이 들어갈래?"

"같이?!"

충격을 받는 사이토.

"사이토는 안 돼!"

"아까 보니까 셋이 들어갈 수 있을 정도로 넓던데?"

"넓이의 문제가 아니야! 그런 파렴치한 짓은 안 된다는 뜻이야!"

"딱히 파렴치한 일은 없지 않아? 아카네는 부인이니까 늘 사이토 군과 같이 들어가잖아? 설마…… 따로 하는 건 아니겠지?"

탐색하듯 떠보는 히마리의 물음에 아카네가 멈칫했다.

"어?! 맞아! 늘 같이 늘어가!"

"아카네?! 갑자기 왜 그래?! 고장 난 거야?!"

사이토가 걱정했다. 공부를 너무 많이 해서 기억 용량이 꽉 찬 나머지 메모리에 심각한 오류가 발생한 걸지도 모른다.

"그리고 아카네랑 나는 절친이니까 같이 들어가잖아? 그럼 셋이 들어가도 괜찮지 않아?"

"안 괜찮아! 논리가 중간부터 이상하게 꼬였잖아!"

"논리만으로 움직여도 재미없잖아. 좀 더 자신의 마음에 솔직해지는 편이 좋지 않을까? 알몸으로 교류하는 거야."

"절·대·안·돼!"

입을 삐죽 내밀고 호소하는 히마리의 등을 아카네가 억지로 밀며 주방을 나섰다. 문턱에서 히마리가 돌아보며 사이토에게 물었다.

"그렇지? 사이토 군은 다 같이 들어가고 싶지? 혼자 떨어지는 건 싫지?"

"나는……."

솔직히 끌리는 마음이 전혀 없다고는 할 수 없었다.

하지만 그런 사실을 자백할 수 있을 리가 없다. 아카네에게서 뿜어져 나오는 살기 담긴 시선이 온몸을 찔러댔다. 쓸데없는 발언을 했다간 생명의 보장이 없는 것은 확실했다.

"자, 가자, 히마리!"

"아~, 사이토 군~."

질질 끌려가는 히마리.

떠나면서 아카네가 사이토를 다시 한번 노려보며 힘차게 문을 닫았다.

저것은 욕실에 조금이라도 가까이 오면 죽일 거라는 메시지다. 평소 아카네의 마음을 거의 이해하지 못하는 사이토지만 오늘만큼은 시선만으로도 알 수 있었다.

욕실에 희뿌연 김이 감돌았다. 욕조에 가득 채워진 물에서는 플로럴 계열 입욕제 냄새도 풍겨왔다.

히마리와 의자를 나란히 두고 아카네는 수도꼭지에서 세면대에 물을 담았다.

"목욕, 정말 사이토랑 들어갈 생각이었어……?"

"물론! 아카네만 같이 들어가는 게 부럽기도 했고."

"나, 난 같이 안 들어갔어! 아까 그건 좀…… 발끈해서 나온 말이랄까……."

히마리는 바디워시가 묻은 타올에 거품을 내면서 웃었다.

"응, 알고 있어♪."

"알고 있었어?!"

"아카네가 무슨 생각하는지 정도는 알아. 얼마나 오래 같이 지냈는데."

"윽……."

이해해 주는 건 기쁘지만, 손바닥 위에서 놀아나는 느낌이 들어 분한 기분이 들었다. 이 절친만큼은 이길 수 있을 것 같지 않았다.

"그런데, 사이토가 안 들어오는데 왜 의자가 두 개나 있어?"

"이사 왔을 때부터 준비돼 있었어…… 우리 할머니랑 사이토 할아버지의 음모였을 거야……."

"그렇구나. 응원받아서 좋겠네."

"미안해……."

아카네는 고개를 숙였다.

히마리가 당황하며 손을 내저었다.

"앗, 딱히 뭐라고 하는 건 아니야! 나도 온 힘을 다해 사이토 군을 유혹할 거니까! 그걸로 된 거잖아?"

"그래, 우리 집에 묵는다고 사양할 거 없어. 나도 온 힘을 다해 방해하겠지만!"

친한 친구와는 정정당당하게 싸우고 싶었다. 자신만 동거하고 있다는 사실에 아카네도 꺼림칙한 기분이었기에 이렇게 된 것이 차라리 다행인지도 모른다.

애초에 집에 있을 자리가 없어 우울해하는 히마리에게 노숙 같은 것은 시킬 수 없었다. 사이토를 좋아하게 된 것보다 훨씬 옛날부터 아카네는 히마리를 좋아해 온 것이다.

"방해하는 것보단 아카네도 사이토 군을 유혹하는 편이 낫지 않을까?"

"나, 나는 못 해! 히마리처럼 섹시하지도 않고……."

아카네는 히마리의 가슴에 부러움이 담긴 눈길을 보냈다.

같은 학년이라고는 생각되지 않을 정도로 풍만한 가슴은 그대로 씻을 수 없는 것인지 들어 올린 뒤 가슴 아래로 수건을 넣어 닦고 있었다.

"그렇지 않아. 아카네도 엄청 성장했는걸?"

히마리가 뒤에서 아카네를 끌어안고 아카네의 가슴을 감싸 안았다.

"잠깐, 히마리?"

"사이토 군은 인기가 많으니까, 나뿐만 아니라 다른 여자애들도 함께 경계하지 않으면 눈 깜짝할 사이에 빼앗길 거야."

"그런…… 걸까?"

"그래. 그러니까 지금이라도 사이토 군과 욕실에 같이 들어……."

"그건 무리야!"

"으퓹?!"

아카네는 샤워기로 히마리의 머리 위에 물을 끼얹었다. 욕실에서 탈출하지 못하도록 샴푸를 대량으로 뿌려 긴 머리에 거품을 냈다.

히마리는 기분 좋게 숨을 몰아쉬며 아카네에게 몸을 맡겼다.

"하아~ 역시 직접 씻는 것보다 아카네가 씻겨주는 게 좋아~ 아, 거기 좀만 더 강하게 부탁해."

"너무 세게 감으면 피부에도 머리에도 안 좋아."

뿌리까지 고운 금빛 머리를 아카네는 정성껏 감아주었다. 초등학교 때는 히마리의 이 머리가 공주 같아서 부러웠었다.

"하지만 다음에 언제 또 아카네가 씻겨줄지 모르잖아."

"안심해. 히마리가 머무는 동안에는 매일 밤 씻겨줄게. 잘 감시하지 않으면 사이토를 끌어들일 것 같기도 하고."

히마리는 눈을 감은 채 장난스럽게 웃었다.

"음? 그런 짓 안 해. 믿어줘?"

"난 절친의 말을 믿고 싶지만, 이번만큼은 못 믿겠어."

사랑의 투쟁에 규칙 따위 소용없다.

아카네는 히마리의 머리카락에 묻은 거품을 샤워기로 닦은 후 컨디셔너로 정성껏 케어해주었다. 교대로 히마리가 아카네의 머리를 감겨주고 두 사람은 함께 욕조에 몸을 담갔다.

아카네와 히마리가 마주 본 채 다리를 뻗고 가볍게 누워도 욕조 넓이는 넉넉했다.

히마리의 장발이 욕조 안에 일렁이며 황금빛을 발하고 있었다. 물속에서 머리를 들어 올리는 손가락. 석고 세공처럼 매끈하고 늘씬한 다리. 수면에 뜬 두 개의 과실은 동성인 아카네조차 눈을 뗄 수 없을 정도로 매혹적이었다.

"히마리는…… 정말 예쁘지……."

"갑자기 뭐야? 유혹하는 거야?"

후후 하고 웃는 표정도 한여름 태양처럼 눈 부셨다.

"유혹한 건 아니지만……."

"아카네도 엄청 예쁜데? 내가 남자였다면 사이토 군에

게서 아카네를 빼앗았을 거야."

"고, 고마워⋯⋯?"

이런 완벽한 여자아이를 이길 수 있을까 하고 아카네는 불안해졌다. 인격도 외모도 완벽하고 어프로치도 적극적인 히마리의 사랑을 받는다면 사이토도 기쁠 것이다.

——아니, 나도 이겨야지!

아카네는 고개를 저으며 약한 마음을 물리쳤다.

싸우기도 전에 포기하다니, 나답지 않아. 아무리 강적이 상대라도 도전하는 것이 아카네다. 그러니 부동의 학년 1등을 자랑하는 사이토와도 싸워온 것이 아닌가.

"나 열심히 할게."

"나도. 목욕하고 나면 승부 재개야."

아카네와 히마리는 얼굴을 맞대고 수면 위에서 선언했다.

사이토가 설거지를 마치고 소파에서 책을 읽고 있는데 아카네와 히마리가 거실로 들어왔다.

"기다렸지, 사이토 군, 욕실 비었어."

"응, 난 자기 전에 들어가니까 괜찮아."

독서를 계속하려는 사이토에게 아카네가 블루레이 케이스를 내밀어왔다.

"맞다, 그럼 영화라도 보지 않을래? 괜찮은 로맨스 영화를 찾았거든!"

"로맨스?! 어떻게 된 거야, 아카네?! 열이라도 있어?!"

평소 같으면 고양이가 나오는 영화만 보고 싶어 했을 아카네가 하필이면 가장 관심 없을 로맨스 영화를 추천하다니, 굉장한 이상 사태다.

"멀쩡해! 그렇게 놀랄 필요 없잖아."

"……왜 로맨스 영화야?"

아카네가 눈을 동그랗게 뜨고 고개를 갸우뚱했다.

"로망찍, 하니까?"

로맨틱의 발음이 이상했다.

정말 이 소녀는 연애라는 것을 이해하고 있을까 싶었지만, 사이토 본인도 연애사에 대해서는 잘 모르기 때문에 남 말할 처지는 아니었다.

그리고 케이스를 보는 한 로맨스 영화조차 아니었다. 제목은 『아이언 페이스의 사랑』이라고 적혀 있지만, 아이언 페이스는 유명 공포영화 시리즈의 악역이다.

아마도 아카네는 공포영화를 너무 몰라서 착각하고 있는 것 같았다. 하지만 사이토는 로맨스 영화보단 공포영화가 더 취향에 맞았기에 굳이 말을 보태지 않았다.

"재밌겠다. 볼까?"

"응!"

아카네가 얼굴을 반짝였다. 블루레이 디스크를 TV 아래 플레이어에 삽입하고 사이토의 왼쪽 옆에 자리했다.

"나도 옆에 앉아도 될까, 사이토?"

"딱히 상관없는데."

"아싸~ ♪."

히마리가 사이토의 오른쪽 옆에 앉았다.

거기까진 괜찮은데 묘하게 거리가 가깝다. 어깨도 팔꿈치도 허리도 밀착되어 있다. 건전한 반 친구 사이의 거리감이 아니다.

"잠깐만, 히마리! 너무 달라붙었잖아!"

"로맨스 영화를 보는데 이 정도 붙는 건 보통 아니야?"

후후 웃는 히마리.

잘근잘근 이를 가는 아카네.

"로맨스 영화라고 붙어 있을 필요는 없을 것 같은데……."

또다시 분위기가 이상하게 흐르는 것을 느낀 사이토가 의견을 말했다.

"그, 그게 규칙이라면 어쩔 수 없지! 규칙은 지켜야 하는 법이니까!"

어째서인지 아카네까지 거리를 좁혀오며 사이토에게 어깨를 밀어붙였다.

얼굴을 붉힌 채 꾸욱 밀어오는 모습은 마치 사이토를 소파에서 추락사시키려는 것 같았지만, 반대편에 히마리가 있는 탓에 사이토는 소녀들 사이에 끼인 형국이 되었다.

두 사람 모두 머리가 젖어 있어 윤기 나는 머리카락 끝에서 방울이 흘러내리고 있다. 학교에서는 보여주지 않는 느슨한 모습에 절묘한 생활감이 느껴져서 요염했다. 이 집에서 소녀들과 함께 살고 있다는 실감이 났다.

막 목욕을 마친 소녀들에게서는 열기와 함께 달콤한 냄새가 풍겨왔다. 같은 샴푸를 쓰고 있을 텐데 아카네와 히마리에게 다른 냄새가 나는 게 신기했다.

각자의 체향이 다른 걸까. 사이토는 무심코 떠올린 생각에 곧바로 후회했다.

——진정해라, 나! 이런 건 무조건 속셈이 있을 게 분명해! 이 녀석들의 속셈을 파헤치는 거야!

사이토는 우수한 두뇌를 풀가동해 금세 결론에 도달했다.

분명 그녀들은 사이토의 좌우를 막아 도망갈 길을 막고 있는 것이다. 이제 세상에서 가장 혹독한 고문 혹은 심문이 시작될 것이다. 어느 요리가 맛있는지 대답하지 않아서 그녀들을 화나게 만든 거겠지.

어떻게든 이 함정을 탈출하지 않으면 사이토의 미래는 없다.

"화장실에…… 좀 가게 해줄래?"

"도망치는 건 용서하지 않아." "안 놓칠 거야, 사이토 군?"

좌우에서 빙그레 지어오는 미소에 사이토는 죽음을 각오했다.

추리한 대로다. 그녀들은 영화 감상이라고 속이고 사이

토를 궁지로 몰아세울 작정이었다. 스마트폰으로 도움을 청하려고 해도 공부방에 두고 와서 수중에 없었다.

절망에 잠긴 채 영화가 재생되었다.

초반에는 꽃미남 주인공과 미녀의 순애 스토리였는데, 두 사람이 탄 차가 주인공의 경쟁자에 의해 폭파되고 미녀가 죽으면서 흐름이 바뀌었다.

온몸에 화상을 입은 주인공이 철가면을 쓰고 경쟁자의 일족과 관계자들을 모조리 죽여버린다. 박살, 참살, 역살(轢殺), 소살(燒殺) 폭살, 독살, 압살, 교살, 척살 등 버라이어티 넘치는 살해 풀코스.

천재 발명가이기도 한 주인공이 고안한 살인 장치는 기믹으로 가득 차 있었다. 다음에는 어떤 살인 방법이 나올지 지적 호기심을 자극하는 것이 이 스플래터 영화 시리즈의 인기 비결이다.

"사이토 군! 무서워!"

오른쪽 옆에 앉은 히마리가 비명을 지르며 사이토의 팔에 매달렸다.

"하나도 안 무서워하면서. 얼굴이 웃고 있어."

"무서운 거 맞아~. 이 영화를 찍기 위해 배우가 몇 명이나 죽었을 거라 생각하니……."

"평범하게 살아 있거든?! 그렇게까지 리얼한 촬영장 아닌데?!"

사이토는 히마리의 머릿속이 두려웠다.

아카네는 아까부터 입을 다물고 겁먹은 내색도 없다. 오컬트 호러는 잘 못 봐도 스플래터는 무섭지 않은 걸까. 그렇게 생각하며 사이토는 왼쪽 옆의 아카네를 바라보았다.

"괜찮아? 안 무서워?"

"전혀 무섭지 않아."

아카네는 사력을 다해 눈을 감고 있었다.

"안 무서운 거면 눈을 떠! 네가 준비한 영화잖아!"

"마음의 눈을 뜨고 있어! 귀로도 잘 듣고 있고!"

그런 주장을 하면서도 양손으로 귀를 막으며 동시에 사이토의 팔에 매달리는 기예를 해내고 있었다.

히마리가 키득키득 웃었다.

"아카네는 무리해서 안 봐도 되는데? 사이토랑 나만 볼게."

"그럴 순 없어! 나도 책임지고 끝까지 볼 거야!"

아카네의 감긴 눈동자는 요지부동이다.

"아니, 안 보잖아! 왜 이 자리를 계속 고집하는 건데!"

"고, 고집한 적 없어! 내가 빌려왔는데 제대로 안 보면 대여비가 아깝잖아!"

"대여비라면 내가 낼게!"

"그런 더러운 돈은 못 받아!"

"너무한 거 아냐?!"

심각한 공포로 이성을 잃은 것인지 매달린 아카네의 팔이 사이토의 팔을 바짝 조여와 뼈가 부러질 지경이었다.

양손에 꽃이라고 할 만한 상황일지도 모르지만, 사이토는 그것을 즐길 여유가 없었다. 도망가고 싶다. 살고 싶다. 내일도 웃는 얼굴로 하루를 맞이하고 싶다.

그런 기분에 휩싸이면서 사이토는 소파 위에서 떨어야 했다.

다음 날 아침, 사이토는 이불의 중력에 사로잡혀 있었다.

어젯밤은 영화를 본 뒤에도 아카네와 히마리에게 붙잡혀 트럼프다 게임이다 TV 심야 프로그램이다 뭐다 하면서 밤을 새웠다. 요즘 피로도 많이 쌓인 탓에 체력이 충분히 회복되지 않아 울리는 알람을 끄고 다시 잠을 청했다.

하지만 그런 사이토의 수면을 깨우는 자가 있었다.

"사이토 군…… 사이토 군…….

부드러운 목소리가 가까이서 들려오며 사이토의 뺨이 꾹 눌렸다. 차가운 머리의 감촉이 사이토의 목덜미를 간지럽혔고 고급스러운 향수 냄새가 주변을 감쌌다.

"조금만 더…… 잘게…….

사이토는 눈을 감은 채 몽롱한 의식 속에서 대답했다.

귓전에서 장난기 어린 목소리가 속삭여왔다.

"좋아. 대신 굿모닝 키스해야지~."

"헉?! 알았어, 일어날게!"

황급히 눈을 뜨는 사이토.

그 위에 히마리가 올라타고 있었다. 긴 금발을 한 손으로 쓸어올리고는 다른 한 손으로 사이토의 얼굴을 감싸 안고 뺨에 입술을 대고 있다.

"아아~, 일어났네. 자고 있을 때가 좋았는데."

"아침부터 놀라게 하지 말아줘……."

아쉬운 듯 어깨를 으쓱하는 히마리의 모습에 사이토는 거칠어진 고동을 가까스로 억눌렀다. 졸음은 완전히 사라져 버렸다.

"어라? 사이토, 두근거렸어?"

"보통은 누구라도 두근거리겠지……."

"에헤헤…… 기쁘다."

천진난만하게 웃는 히마리. 커튼 사이로 파고드는 빛이 금발을 비추며 마치 후광을 받은 천사 같은 모습이었다. 과거 아카네가 태운 프라이팬으로 깨우겠다고 위협한 적은 있었지만, 히마리가 깨우는 방법은 다른 의미로 심장에 해롭다.

사이토 옆에서는 아카네가 아직 잠들어 있었다. 악몽을 꾸는 것인지 입을 다물고 심각한 표정을 짓고 있다. 어느 샌가 아카네의 베개 주위에는 악령 퇴치 팻말과 소금 통과 물리적 무기가 놓여 있어 사이토는 오싹함을 느꼈다.

자신이 자는 동안 대체 무슨 의식이 거행되었던 것일까. 드래곤의 잠을 방해하면 어떤 재앙이 닥칠까.

　"히마리……. 너라면 용의 노여움을 사지 않고 깨울 수 있겠지……. 부탁할게……."

　사이토는 용사에게 책임을 떠넘기는 왕이 된 심정이었다.

　"아카네는 잠이 좀 부족하지 않을까? 어젯밤엔 무서워하느라 잠도 잘 못 잔 것 같던데."

　"그래?"

　"새벽에 일어났는데 아카네가 거실에서 고양이 영화를 보고 있더라. 귀여운 고양이로 기억을 덧씌우는 건가 싶어서 나도 잠깐 같이 봤어. 직전까지 자게 놔두자."

　히마리는 아카네의 머리를 사랑스럽게 쓰다듬고는 그 이마에 가볍게 키스했다. 안심한 것인지 아카네의 잠자는 얼굴이 평온해졌다.

　다른 사람은 비집고 들어갈 수 없는 두 사람만의 애정을 엿본 것 같아 사이토는 묘한 죄책감이 들었다.

　"그럼 직접 일어날 때까지 놔둘까. 아침밥은 적당히 컵라면이라도 먹으면 되고."

　"아, 모닝이면 만들었어!"

　"모닝…… 이라고?"

　그런 세련된 문화에 익숙하지 않은 사이토가 인상을 찌푸렸다.

주방으로 향하니 테이블에는 이미 음식이 놓여 있었다.

핫케이크에 바싹바싹하게 구워진 베이컨, 샐러드와 카페오레 등 카페로 착각할 것 같은 메뉴들이 가득 있었다. 접시 아래엔 꽃무늬 테이블 매트까지 깔려 있다.

"이건…… 확실히 모닝이네."

아침 식사라고 가볍게 부를 수 있는 메뉴가 아니었다. 사이토는 어쩔 줄 몰라 하며 테이블에 앉았다.

젓가락은 놓여 있지 않아 나이프와 포크로 핫케이크를 먹고 그사이에 샐러드를 즐겼다.

샐러드에는 고소한 크루통과 마늘 플레이크가 뿌려져 있어 치즈 가루와 오로라 소스가 자아내는 다채로운 맛에 입이 즐거웠다.

히마리는 불안한 얼굴로 사이토의 모습을 바라보고 있다.

"어때, 사이토 군? 입맛에 맞아?"

"맛있어. 이 바삭바삭한 것도 그렇고."

사이토가 자신 있게 말했다.

가능하면 아침에는 된장국을 먹고 싶고 고기가 적은 것은 아쉬웠지만 굳이 의견을 말해 히마리의 심기를 거슬리게 하고 싶진 않았다.

"다행이다…… 내가 좋아하는 사이토 군이 기뻐했으면 해서 레시피를 잔뜩 알아봤거든~."

히마리는 행복하게 웃고는 핫케이크를 작게 잘라 먹었다.

사이토의 컵이 비면 곧바로 카페오레를 따라준다.

"아까 밖을 산책해 보니까 하늘이 파란 게 정말 좋더라."

"오늘도 날씨가 좋아?"

"응, 체육 시간이 기대되네."

"너무 뛰어다니는 건 싫어하는데."

"그런 거에 비해서 사이토 군은 체력이 좋지."

별 주제 없는 소소한 대화. 역린을 건드려 만에 가라앉지 않을까 하는 위기감이 느껴지지도 않았다. 너무 평화로워서 사이토는 베이컨을 씹으면서 졸 것 같았다.

포근한 공기 속에서 모닝을 마친 사이토는 세면대로 향했다. 양치질을 마치고 세수를 한 뒤에야 벽에 수건이 걸려 있지 않다는 것을 알아차렸다.

세탁실에 가지러 가기 위해 몸을 돌리는데 히마리가 수건을 내밀었다.

"자, 수건 쓸래?"

"오, 오오."

사이토는 수건을 받아 얼굴을 닦았다. 그런 사이토를 히마리는 생글생글 웃으며 지켜보았다. 보살펴주는 것이 무척이나 즐거운 듯한 기색이었다.

사이토는 자신의 공부방에서 교복으로 갈아입고 책가방을 들고 주방으로 들어갔다. 가스 밸브를 제대로 잠갔는지 확인했다.

"사이토, 벌써 나가?"

역시나 등교 준비를 마친 히마리가 주방으로 나왔다.

"응, 히마리는?"

"나도. 앗, 잠깐만."

"뭐야?"

멈춰선 사이토를 향해 히마리가 정면에서 거리를 좁혀왔다. 히마리의 온화한 팔이 사이토의 목을 향해 뻗어왔다.

──목을 조를 생각인가?! 아니면 멱살 잡고 던지려는 건가?!

몸을 굳히는 사이토.

그러나 히마리는 사이토를 공격하지 않고 목에 감긴 넥타이를 잡았다.

"넥타이가 풀렸어. 사이토 군도 참 칠칠치 못하네♪."

작게 웃으며 넥타이를 다시 매준다.

서로의 코끝이 닿을 것만 같은 거리. 긴 손가락이 사이토의 목 주위를 부지런히 돌아다닌다. 교복 치맛자락 아래로 쭉 뻗은 허벅지가 사이토의 바지에 스쳤다. 히마리는 넥타이를 매며 수줍은 얼굴로 사이토의 눈을 힐끗 보았다.

"자, 완성♪. 아카네 깨우고 학교 갈까?"

히마리가 웃는 얼굴로 사이토에게서 몸을 뗐다.

──아무런 다툼이 없었어?!

사이토는 경악했다.

평소의 아침이라면 일어나서 두 번이나 세 번의 말다툼이 벌어졌어야 했다. 집안일의 방식부터 시작해 나쁜 잠버릇이나 TV운세에서 아카네의 운세가 사이토에게 졌다는 것 등 전쟁의 불씨는 온갖 범위에 이른다.

그런데 이 평화로움은 대체 무엇인가. 세계의 법칙이 뒤틀려 버린 것일까.

"싸우지…… 않아도 되는 거야?"

사이토는 확인하지 않을 수 없었다.

"싸워? 어째서?"

"아니…… 이렇게 평화로운 아침은…… 이 집에 온 후로 처음 있는 일이라……."

사이토의 상식은 심하게 뒤틀려 있었다.

"아, 아카네랑은 집에서도 늘 싸웠구나. 난 사이토 군과 싸우는 일은 절대 없어."

"절대……?"

힘차게 고개를 끄덕이는 히마리.

"응! 만약 내가 아내라면 사이토가 몇만 명의 여자애들과 바람을 피운다 해도 불평하지 않을걸?"

"그건 불평해야지!"

예시가 너무 터무니없어서 사이토는 식겁했다.

"그 정도로 모든 걸 사이토 군에게 맞춰줄 수 있다는 거야. 아카네와 달리 나는 사이토 군에게 화내지도 않고, 사이토 군이 싫어하는 일은 하지 않고, 사이토 군에게 집안일 따위도 시키지 않고, 사이토 군이 원하는 완벽한 아내가 될 수 있어…….”

히마리가 사이토에게 몸을 기대오며 뜨겁게 속삭였다. 젖은 입술은 요염한 마력을 풍기고 있고 유혹하는 말 역시 무척 매혹적이긴 하지만.

——그런 관계로 둘 다 행복해질 수 있을까.

사이토는 의문을 느끼고 말았다.

“늦잠 잤다!”

잠에서 깬 아카네는 스마트폰 시계를 보고 등골이 서늘해졌다.

알람이 울렸을 텐데 전혀 눈치채지 못했다. 도중까지 악몽을 꾸고 있었는데 누군가가 쓰다듬어준 것인지 마음이 편안해졌고, 그 후 푹 자고 말았다.

당연히 옆에 사이토의 모습은 없다. 언제나 사이토를 칠칠치 못하다며 꾸짖고 있는 만큼 스스로는 더 잘해야겠다고 생각해 왔는데, 크나큰 실책이었다.

아카네는 급히 교복으로 갈아입고 계단을 뛰어 내려갔다. 블라우스 단추를 몇 개 잠그는 걸 깜빡했지만 상관없었다.

“미안해! 금방 토스트라도 만들게!”

주방으로 뛰어들자 안에 있던 히마리와 사이토가 휙 서로에게서 멀어졌다. 두 사람 다 교복 차림이고 발밑에 책가방도 놓여 있다.

"지금…… 뭐 하고 있었어?"

"아니, 아무것도 안 했어."

고속으로 고개를 젓는 사이토.

"그래……? 둘이 붙어 있는 것처럼 보였는데……."

아카네의 가슴이 술렁거렸다. 자신의 눈이 닿지 않은 곳에서 두 사람의 관계가 진전된 것은 아닐까. 자신은 이미 한참 뒤처진 것이 아닐까.

히마리가 발랄하게 웃었다.

"아침은 이미 내가 해서 먹였으니까 괜찮아. 아카네는 잠이 부족해 보이길래 늦게까지 자게 놔두자고 얘기했었거든. 그치, 사이토?"

"으응."

다정하게 고개를 끄덕이는 두 사람.

"그, 그렇구나……. 고마워."

아카네는 감사하면서도 기쁜 마음은 들지 않았다. 사이토와 히마리를 단둘이 둘 바엔 차라리 잠이 부족해도 깨워주는 편이 나았을 텐데.

"그럼 우린 이제 학교 갈게. 아카네는 여유롭게 천천히 와도 돼."

"설마 둘이서 등교할 셈이야?! 반 애들한테 보이면 어쩌려고?!"

"괜찮아. 사이토 군과 나는 연인인 척하고 있잖아. 둘이서 같이 자고 그대로 학교에 왔다고 생각하겠지."

"그럼…… 괜찮겠, 네……."

아무 문제 없을 텐데. 아카네의 마음속에 어딘가 석연치 않은 감정이 소용돌이쳤다. 애초에 두 사람은 언제까지 반의 공인 연인으로 위장해야 하는 걸까.

"자, 가자, 사이토 군."

히마리가 사이토에게 팔짱을 낀 채 주방을 나섰다.

아카네가 홀로 남겨진 집에 현관문 닫히는 소리가 울려 퍼졌다. 막 일어난 덕에 머리가 상황을 이해하지 못하고 그렇게 한동안 멍하니 서 있었다.

──뭔가 반대 아냐?! 히마리가 부인 같지 않아?!

급격한 초조함에 사로잡힌 아카네는 곧바로 책가방을 안고 현관에서 뛰쳐나왔다.

아침의 통학로를 숨이 끊어질 듯 전력 질주하여 세 블록쯤 가자, 그제야 사이토와 히마리의 뒷모습이 보였다.

히마리가 사이토의 손을 잡으려 하고 사이토가 손을 움츠렸다. 히마리는 반대편으로 돌아서서 사이토의 손을 잡고 웃고 있다. 겉으로만 보면 완전 바보 커플이다.

"너무 달라붙어 있잖아~!"

아카네는 사이토와 히마리 사이로 파고들더니 두 사람을 좌우로 갈라놓았다.

히마리가 눈을 동그랗게 떴다.

"무슨 일이야, 아카네? 여유롭게 와도 되는데."

"그 수에는 안 넘어가! 나도 같이 등교할 거야!"

아카네는 무심코 잊고 있었다. 히마리가 타인의 마음을 제어하는 데 프로라는 것을. 평소에는 절친을 향해 비겁한 수단을 쓰지 않는 히마리라도 사랑의 배틀이 되면 용서 따윈 없었다.

"아카네와 사이토 군이 동거하고 있다는 게 들키면 위험하지 않아?"

"셋이서 등교하면 안 들킬 거야!"

"아카네와 사이토 군이 같이 사는 집에 내가 지내고 있다는 게 들키면 위험하지 않을까?"

"기기까시 주리할 수 있을 리가 없잖아! 명탐정이야?! 우리 반에 탐정이라도 있어?!"

잔잔하게 웃고 있어도 히마리의 저력은 만만치 않았다. 오늘 아침처럼 방심했다가는 순식간에 함정에 빠지고 만다.

아카네는 완고하게 사이토와 히마리와 함께 갔다.

중재자인 히마리가 가세하면 공동생활도 평온해지겠지.

사이토는 그렇게 기대했지만, 예상은 완전히 빗나가고 평소 이상으로 시끄러운 날들이 지나갔다.

아카네와 히마리는 자주 다투는가 싶다가도 금세 둘이 함께 웃고 있어 사이가 좋은지 나쁜지 전혀 알 수 없었다. 여자의 인간관계는 사이토로선 도저히 이해할 수 없었다.

그러던 어느 날의 일.

뭔가 소리가 들린 느낌에 사이토는 눈을 떴다.

아직 아침까진 한참 남았다. 다시 자려했지만 잠이 잘 오지 않았다.

기분 전환을 위해 단백질이라도 마실까 싶어 계단을 내려가니 1층 복도에 불이 새어 나오고 있었다.

히마리가 세면대에 자리를 잡고 거울 속의 자신을 바라보고 있었다. 그 낯빛에 평소의 명랑함 따윈 없다. 눈동자엔 타는 듯한 어둠이 깃들어 있고 두 손으로는 세면대 가장자리를 움켜쥐고 있다.

"……히마리?"

이상한 공기에 사이토는 무심코 말을 걸었다.

"아, 사이토 군!"

돌아본 히마리가 평소의 환한 미소를 지었다. 하지만 직전의 표정을 목격한 사이토는 그것이 가면이라는 것을 알아차렸다.

"늦은 시간에 뭐해?"

"그냥 좀, 머리를 까만색으로 염색하려고. 염색약도 사왔어."

바닥에 놓여 있는 드럭스토어 쇼핑백에서 히마리가 염색제 상자를 꺼내 보였다.

"검은색으로 되돌리려고?"

"아아, 그게 말이지. 가족 이외엔 아카네밖에 모르는 건데…… 이 머리, 천연이야."

넘칠 듯 흘러내리는 금발을 히마리는 손가락으로 빗질하듯 쓰다듬었다.

"그렇구나."

"리액션 너무 약하지 않아?! 조금 더 놀라도 되는데?!"

"시세도 아버지는 러시아인이니까. 딱히 국적 같은 건 아무래도 상관없잖아."

사이토에게 있어 시세이는 시세이고 히마리는 히마리다. 그 이상도 그 이하도 아니다. 과거나 출신이 어떻든 눈앞에 있는 본인이 전부다.

히마리는 맥이 풀린 얼굴로 어깨를 으쓱이며 웃는다.

"사이토 군은 적당주의지. ……하지만 그런 점이 좋아."

"그렇게 적당하지는 않은 것 같은데."

사이토는 뺨을 긁적였다.

"내가 어렸을 때 돌아가시긴 했지만, 엄마가 미국인이셨어. 난 머리색도 얼굴도 엄마를 닮아서 초등학교 때는 왕

따를 당했었고."

"바보는 이질적인 걸 배제하고 싶어 하니까."

초등학생 때 어른보다 우수한 두뇌를 지녔던 사이토는 기시감을 느꼈다. 특히나 일본인은 집단의 조화를 어지럽히는 이분자를 싫어하는 경향이 강하다.

"그때부터 아빠는 학교에서 안 좋게 눈에 띌 바에야 머리를 까맣게 염색하라고 하셨어. 하지만……."

"그건 싫지."

"어떻게 알아?"

히마리가 눈을 부릅떴다.

"그야 너한테는 소중한 사람이었잖아? 그 사람한테서 물려받은 걸 지우라니 당연히 싫겠지."

"사이토 군은…… 둔한 건지 예민한 건지 모르겠어, 정말……."

고개 숙이는 히마리. 사이토의 가슴에 주먹을 툭툭 때린다. 떼를 쓰는 어린아이 같은 행동에 사이토는 그녀의 어린 시절을 떠올려 버렸다

"그래서 난 생각했어. 금발인 채로 있어도 괴롭힘당하지 않는 방법은 없을까. 그러다가 패션 잡지에 금발 여자애 사진이 많이 실려 있는 걸 봤어. 그때 깨달았지. 아, 그래. 꾸민 척하고 있으면 멋으로 염색한 거라고 생각할 테니 괜찮겠구나."

"너…… 가짜로 꾸민 거였냐!"

사이토는 충격을 받았다.

"가짜라는 말은 너무하지 않아?! 열심히 공부해서 완벽하게 만들려고 노력했다고! 잡지를 보거나 도서관에서 책을 조사하거나, 화장한 고등학생에게 말을 걸어서 코디 방법을 배우거나, 동영상 사이트에서 메이크업을 배우거나!"

"의외로 공부파였군……."

히마리가 패션만을 모방했다는 사실을 듣고 어느 정도 납득은 갔다. 그녀는 쾌활한 성격이고 노출도 역시 높지만 다른 부분에서 교칙을 어기지는 않는다. 청소나 행사도 적극적으로 참여하고 있다. 기본적으로 성실한 소녀인 것이다.

"가짜로 잘 꾸며왔는데 왜 검은색으로 염색하려고?"

"그 사람한테 혼났거든. 언제까지나 그런 경박한 꼴을 하고 있으면 제대로 된 어른이 될 수 없다고. 저속한 일이나 하게 될 거고, 범죄자가 돼서 시궁창 같은 삶을 살 뿐이라고. 나는…… 그럴 마음 없는데."

"그래서 집을 뛰쳐나온 건가."

고개를 끄덕이는 히마리.

"그 사람은 엄마를 쏙 빼닮은 나를 거슬러 해. 아빠한테 다른 여자가 있었다는 사실을 되새기게 하니까. 그러니 머리만이라도 까맣게 염색해서 조금이라도 그 사람 심기를 건드리지 않게 해야 해."

히마리는 입술을 깨물었다.

깊이 생각에 잠긴 그 표정에 사이토는 가슴이 답답해지는 것을 느꼈다. 그녀는 한계까지 자신을 낮추고 있었다. 그녀의 가치는 그보다 훨씬 무거울 텐데.

"그러지 마."

사이토는 히마리의 손에서 염색제 상자를 집어 들었다.

"어째서……."

"정말 중요한 건 놓치면 안 돼."

"그냥 머리색이야."

"아니. 그건 히마리가 히마리라는 증거야. 어머니와의 연결고리야."

"하지만 그 사람이 화를 내니까……."

"그런 불합리한 자식은 멋대로 화내라고 해. 몰상식한 인간을 위해 굳이 예쁜 금발을 없애다니 아까워."

"예, 예뻐……?"

히마리가 자신 없는 얼굴로 눈을 깜빡였다.

누가 봐도 아름다움에도 근본적으로 그녀는 자신이 없었다. 그것은 어린 시절 괴롭힘을 당한 탓일까, 가족과의 관계가 불안정한 탓일까. 히마리가 가슴을 펴고 당당히 살기 위해서는 누구에게도 침범당하지 않을 자신감이 필요했다.

사이토는 히마리의 금발을 손에 쥐고 그 눈동자를 정면으로 바라보며 선언했다.

"그래, 예뻐. 햇빛을 모은 것 같아서 보기만 해도 기분이 밝아져. 난 네 금발이 좋아."

"……읏!"

히마리의 얼굴이 새빨갛게 달아올랐다.

고개를 숙이고 주먹을 불끈 쥐고 어깨를 떨다.

"히마리? 내가 뭔가 말실수했어……?"

사이토가 걱정하고 있는데 히마리가 전력으로 달려들었다. 그 기세로 인해 뒤로 넘어간 사이토. 그런데도 히마리는 사이토를 놓지 않은 채 그의 가슴에 얼굴을 문질렀다.

"치사해. 치사해, 사이토. 그런 건 반칙이잖아."

말로는 비난하면서도 목이 메는 듯 절절한 목소리다.

히마리는 사이토의 허리에 올라탄 채 촉촉한 눈농자로 그를 내려다보았다.

어둑어둑한 복도, 하얀 피부 위로 떠오른 입술의 붉은 빛이 눈 부셨다.

귓가로 금발을 쓸어넘기는 몸짓이 묘한 색기를 풍겼다.

"사이토가 나쁜 거야. 그런 멋진 말을 해서 나를 두근거리게 했으니까."

히마리의 입술이 사이토에게 다가왔다.

"뭘 하려고?!"

"키스 마크를 달 거야. 사이토 군이 내 거라는 표시를 하는 거지. 목이 좋아? 팔이 좋아? 아무에게도 보이지 않는 가슴이 좋아?"

"아무 데도 안 돼!"

사이토는 일어나려 했지만, 히마리가 몸으로 눌러 움직임을 막고 사이토의 목덜미에 이빨을 세웠다.

"음~ ♪."

쭉쭉 피부를 빨아들이는 히마리.

밀려오는 소녀의 무게와 가슴팍에 짓눌려 있는 가슴의 부드러움, 목덜미를 침식한 희미한 통증. 기온은 높지 않을 텐데도 후덥지근하고 머리가 멍해 이것이 정말 현실인가 사이토는 의심했다.

"너희들!"

그때, 무시무시한 살기와 함께 아카네가 나타났다. 잠옷차림으로 슬리퍼를 신은 채 귀신 같은 형상으로 사이토와 히마리를 노려본다.

"아, 이카네. 일어나 버렸네."

히마리는 포식을 끝낸 육식 짐승처럼 입술 끝을 핥았다.

"이 변태! 만년 발정 강아지! 한밤중에 흥분하지 마!"

아카네는 히마리 밑에서 강제로 사이토를 끌어냈다.

히마리는 뺨에 검지를 얹고 고개를 갸우뚱했다.

"밤중에 흥분하는 게 보통 아닌가? 사이토 군이 야한 소리를 하니까 참을 수 없었는걸."

"사이토?!"

"안 했어!"

아카네에게 살의가 담긴 시선을 받고 사이토는 즉각 부정했다. 이 집에서 누명을 방치하면 죽음과 직결된다.

아카네가 비명을 질렀다.

"잠깐! 사이토의 목에 엄청난 키스 마크를 달아놨잖아!"

"그 정도야?!"

사이토가 흠칫 놀라 거울로 확인하려 했지만, 사각지대에 놓여 있는지 보이지 않았다.

어떻게든 없애지 않으면 반에서 쓸데없는 억측이 난무할 것 같다. 억측도 뭣도 아닌 진짜 키스 마크이긴 하지만.

"아카네도 달면 되지 않아? 아직 달 곳 많은데?"

"남을 롤링페이퍼 취급하지 말아 줄래?!"

"모, 못 해! 사이토의 목 같은 곳에 입을 갖다 대면 식중독에 걸릴 거야!"

"병균 취급하지도 말아 줄래?!"

자신의 인권은 어디로 갔는가. 사이토는 절망에 빠졌다.

점심시간. 학교 안뜰에서 마호가 사이토의 목을 만졌다.

"어? 오빠 목 다쳤어?"

"안 다쳤어."

"근데 반창고 붙어있는데? 시짱한테 물렸어?"

"시세는 오빠한테 그런 야만적인 짓 안 해."

"일상적으로 하고 있잖아."

지금도 사이토의 손가락을 물어뜯으려는 시세이를 그대로 끌어안아서 제압했다. 도시락의 양이 부족한 것인지는 모르겠지만 점심으로 더해지는 것은 사양이었다.

히마리가 멋쩍게 고백했다.

"그거 내가 키스 마크를 달았던 곳이지?"

눈을 동그랗게 뜨는 마호.

"무슨 뜻이야?! 히마링이 오빠한테 키스 마크를?! 둘 사이에 무슨 일이 있었길래?! 벌써 어른의 관계인 거야?!"

히마리가 뺨을 물들이고 몸을 비틀었다.

"아니, 어른까지는 아니지만~ 뭐, 비슷한 느낌일까?"

"히마링, 치사해! 나도 키스 마크 달래!"

마호가 사이토에게 달려들었다. 혼란한 틈을 타서 셔츠를 벗기려는 마호의 머리를 사이토가 양손으로 꽉 잡아 고정했다. 마호는 앞으로 나아가지 못하고 파닥거렸다.

"나는 반창고를 붙인 기억이 없는데 누가 붙였지?"

히마리가 사이토에게 다가가 목을 관찰했다.

"이거 아카네가 좋아하는 고양이 캐릭터 반창고네. 아카네가 붙인 거 아니야?"

몸을 움찔하는 아카네.

"그, 그치만 그런 야한 걸 드러내놓고 다니면 체포되잖아! 그래서 사이토가 자는 동안 붙여놨어! 불만 있어?!"

"전혀 없지만……."

도대체 왜 아카네는 이렇게까지 시비조인 걸까.

"하지만 반창고 같은 걸 붙이고 있으면 괜히 더 야한 느낌이란 말이지. 사이토 군과 내 하룻밤의 비밀이 이 아래 숨어 있다, 뭐 그런?"

"이상한 소리 하지 마!"

"그리고 질문이 있는데, 왜 반창고가 두 곳에 붙어 있는 걸까……? 내가 키스 마크를 단 건 한 곳뿐인데. 이상하네~?"

히마리가 아카네에게 얼굴을 대고 놀리듯이 물었다.

"모, 몰라! 반창고가 남아서 재고 처리한 것뿐이야!"

아카네가 새빨개진 얼굴을 돌리며 팔짱을 꼈다.

"니는 재고 처리 노+인가……."

사이토는 미묘한 기분이었다. 굳이 붙이고 싶다면 아무 데나 있는 전신주에 붙이면 그만 아닐까.

"히마리, 오빠네 집에서 지내고 있어?"

"응. 가출해서 거리를 배회하고 있는데 사이토 군이 주워줬어."

"좋겠다, 좋겠다. 나도 지내고 싶어!"

"시세도 잘래."

"다 함께 숙박 모임하자! 또 오빠랑 같이 목욕하고 싶어!"

"잠깐……."

마호의 폭탄 발언에 사이토는 심장이 얼어붙는 느낌이었다.

주위 공기도 얼어붙었다. 히마리, 아카네, 시세이가 삐걱삐걱 고개를 움직여 사이토를 바라보았다.

"사이토 군……?"

"또라니 무슨 말일까……?"

"오빠는 설명의 책임이 있어."

생존율 1%의 공기. 살기 어린 시선이 사이토에게 박혔다.

사이토의 등줄기로 식은땀이 흘렀다.

"아, 아니, 잘못 말한 거야! 그렇지, 마호?!"

마호는 순진하게 브이 사인을 내보였다.

"잘못 말한 거 아닌데~ 잊어버렸어? 내가 알몸으로 오빠를 껴안으브븝!"

사이토는 마호의 입을 손으로 막았다. 이대로라면 점심시간이 영원한 휴일이 되고 말 것이다. 어떤 수단을 써서라도 제보자를 말소시켜야 했다.

돌연 히마리의 표정이 흐려졌다.

"……미안. 난 이만 갈게. 나는 없다고 말해줘."

"없다니, 누구한테?"

아카네가 의문을 표했지만, 히마리는 대답하지 않고 괴

한에게 쫓기기라도 하듯 교사 안으로 떠났다.

당황하는 사이토 일행에게 30대 정도의 여성이 찾아왔다. 히마리의 새엄마인 리에코다. 안경과 곱슬곱슬한 검은 머리, 엄격한 얼굴에는 교사다운 풍모가 느껴져서 교내에 섞여 있어도 위화감이 없었다.

"아, 히마링 엄마다! 오랜만이야!"

접근하기 어려운 공기를 가진 리에코를 향해서도 마호는 거리낌이 없었다. 그녀의 해맑은 미소에 리에코도 표정을 풀었다.

"오랜만이구나, 마호. 여기 히마리 없었니?"

"없·었·는·데?"

마호는 히마리의 부탁대로 말했지만, 너무 뻣뻣해서 연기라는 것이 뻔히 보였다.

리에코는 한숨을 내쉬었다.

"마호네 집에 머물고 있다는 건 히마리한테 연락을 받아서 알고 있지만…… 학교는 제대로 다니고 있니?"

"히마링이 지내는 곳은 우리 집이 아니라 오빠……."

"학교엔 오고 있어요! 괜찮아요!"

아카네가 크게 당황하여 마호의 입을 틀어막았다. 양손으로 확실하게 얼굴 아래 절반을 덮는 프로의 자세. 마호는 숨이 넘어갈 듯 눈을 까뒤집고 있었다.

사이토와 아카네가 결혼했고 그 집에 히마리가 머물고

있다는 것을 알면 일이 엄청나게 복잡해질 것이다.

"히마리는 잘 지내고 있니?"

리에코가 아카네에게 물었다.

"네, 뭐……."

"밤거리를 배회하거나 나쁜 짓을 하고 있지는 않고?"

"히마리는 안 그래요! 학교 끝나면 바로 돌아가요. 나쁜 짓은……."

아카네는 반창고가 붙은 사이토의 목덜미를 힐끔 쳐다보았다.

"……안 해요!"

"그래……. 그 아이는 본인의 마음을 말해주질 않으니 무슨 생각을 하고 있는지 알 수 없어서……. 이번에도 왜 가출까지 했는지 모르겠구나."

리에코는 어찌할 바를 모르겠다는 얼굴로 고개를 숙였다. 그 모습은 사이토가 히마리의 집에서 처음 만났을 때의 고압적인 인상과는 조금 달랐다.

"걱정하지 않으셔도 히마리는 저희 집에서 잘 돌봐줄게요. 조만간 돌아가지 않을까요?"

"폐를 끼쳐서 미안하구나. 일단 주소 좀 알려주겠니? 아카네는 최근에 이사했다고 했지?"

"그게……."

리에코의 물음에 아카네가 사이토에게 시선을 주었다.

집주소를 알려줘도 문제가 없는가, 그런 확인일 것이다.

　남에게 누설하고 싶진 않은 정보였지만 경찰 소동이 벌어지는 것을 막으려면 학부모를 안심시킬 필요가 있었다. 사이토는 아카네에게 고개를 끄덕이며 승낙을 표했다.

　리에코는 주소를 수첩에 적어두고 인사를 한 뒤 돌아갔다.

　자택 거실에서 소파에 앉은 사이토의 무릎에 마호가 달려들었다.

　"오빠, 슈팅 게임하자! 내 장비는 개틀링건 고정이고, 오빠 장비는 배트 고정으로 해서!"

　"핸디캡이 너무 과해서 난 슈팅조차 못 하는데."

　"오빠인데 동생한테 핸디캡을 주는 건 당연하잖아?"

　컨트롤러를 잡고 다리를 팔랑거리는 마호. 사이토는 성가시다는 표정을 지으면서도 마호를 쫓으려 하지 않았다

　"거기는 시세 자리."

　시세이가 불만을 제기했다.

　"에이, 뭐 어때. 가끔은 양보해줘."

　"안 돼. 오빠의 여동생 권리는 시세가 독점하고 있어."

　"나도 오빠 여동생이야! 권리가 있어!"

　사이토의 무릎 영유권을 둘러싸고 티격태격하며 서로 밀고 당기는 시세이와 마호.

　이윽고 서로 달라붙은 채 카펫 위를 굴러다니며 엎치락

뒤치락하고 있다. 마치 새끼 사자의 장난 같아서 긴장감은 전혀 없었다.

사이토는 두 사람을 말릴 생각도 하지 않고 차라리 잘됐다는 듯 홀로 게임을 즐기고 있었다.

——여전히 태평한 남자라니까.

아카네는 그렇게 생각하며 히마리와 분담해서 저녁 준비를 진행했다.

숙박 모임이라고 해도 평소에도 마호와 시세이가 뒤섞인 자유로운 집이라 별반 달라진 것도 없었다. 달라진 것은 요리의 양 정도였지만 한꺼번에 조리하면 수고도 별로 들지 않는다.

채소를 썰면서 아카네는 히마리와 대화했다.

"히마리 어머니, 걱정 많이 하셨어. 슬슬 화해하지 그래?"

"딱히 싸운 거 아냐. 그 사람이 멋대로 화내는 거지. 난 집을 망가뜨리고 싶지 않아서 거리를 둔 것뿐이야."

옛날부터 히마리는 그랬다. 마음에 들지 않는 상대에게 온 힘을 다해 부딪치는 아카네와는 대조적으로 가능한 한 싸움을 피하려 했다.

"그래도 히마리 어머니가 그러시던데……."

"그 사람은 엄마가 아니야. 아빠랑 결혼한 내가 모르는 여자지. 상냥한 부모님이 계신 아카네는 내 마음 같은 건 몰라."

히마리가 입술을 깨물었다.

부드러운 거절의 벽에 막힌 아카네는 답답함을 느꼈다.

"당장은 몰라도 알려고 노력할 수는 있지. 친한 친구인데 히마리에게 힘이 되지 못하는 건 싫어."

"아카네한테는 많은 도움을 받고 있어. 하지만 이런 건 행복하게 살아온 아카네는 몰라. 알아주는 건 나와 똑같이 평범한 가정을 모르는 사이토 군뿐이야."

거실에 있는 사이토에게 히마리가 사랑스러운 미소를 보냈다. 그 미소에 배어 있는 것은 둘이 함께 아픔을 공유한다는 것에 대한 우월감.

아카네는 가슴 밑바닥이 타는 것 같았다.

"사이토네 집이 평범하지 않다는 건 알아. 호조 그룹의 후사니까."

"그런 뜻이 아니야. 사이토 군이 왜 책만 읽는지 알아? 왜 컵라면이나 단백질을 좋아하는지? 나는 알아."

"뭐, 뭐야······. 그냥 취향 아니야······?"

히마리는 슬픈 얼굴로 어깨를 으쓱했다.

"취향이란 말이지, 그 사람이 걸어온 인생의 결과야. 사이토 군이 가족 이야기를 하는 거 아카네는 들어봤어? 사이토 군에 대해서 잘 알고 있어?"

"그건······."

아카네는 말문이 막혔다.

그러고 보니 사이토는 자신의 가족에 대해 아무 말도 하지 않았다. 할아버지에 대해서는 자주 불평을 하기도 하고, 그에 대해선 미움과 동시에 약간의 애정이 엿보였지만, 부모님의 이야기는 전무했다. 사이토에게서는 가정의 냄새가 나지 않았다.

단순히 사적인 이야기를 하기 싫어하는 성격인 줄 알았는데 사실은 아닌 걸까. 늘 태평하고 느슨한 사이토는 짙은 안개 위에 덮인 가면인 걸까.

홀린 듯 게임에 몰두한 사이토의 등을 아카네는 답답한 마음으로 바라보았다.

거실 카펫 위에 마호가 누워 잠을 자고 있다. 시세이는 마호에게 안긴 채 한동안 빠져나가려고 노력하는가 싶더니 지금은 힘이 다해 잠들었다.

테이블 위에는 게임 컨트롤러, 먹다 만 과자, 녹은 얼음에 희석된 주스, 장롱 안쪽에서 꺼낸 보드게임, 마음껏 파티를 즐긴 잔해가 널브러져 있다. 내일도 학교가 있는데 아무도 그런 것을 생각하지 않는 듯했다.

"슬슬 잘까? 난 시세 재우고 올게."

사이토가 마호의 팔에서 시세이를 구출한 뒤 안아 올렸다. 시세이는 중얼거리며 아기처럼 사이토에게 매달렸다.

"나도 마호 데려갈게. 자, 마호, 일어나야지."

아카네가 마호의 몸을 가볍게 흔들었다.

"싫어…… 졸려…… 언니 품에서 잘래……."

마호는 떼를 쓰며 아카네의 가슴에 얼굴을 파묻었다.

"나도 도와줄게."

히마리가 마호에게 어깨를 빌려주었고 아카네와 협력하여 그녀를 이동시켰다.

손님방 침대에 눕히자 마호는 곧 다시 시세이를 끌어안았다. 몸을 작게 웅크리고 숨소리를 내는 두 사람은 그림책 속 공주처럼 사랑스러웠다.

사이토는 두 사람에게 얇은 이불을 둘러주고는 조명을 끄고 손님방을 나왔다.

거실 정리를 마치고 침실로 들어가려는데 히마리가 말했다.

"……저기. 내일 집에 가려고."

"괜찮겠어?"

"응. 너무 폐를 끼칠 수도 없으니까."

"폐는 아니지만…… 무리하는 거 아냐?"

사이토는 걱정했다. 낮에는 리에코와 얼굴을 마주치는 것조차 피했던 히마리가 집에 돌아가 잘 지낼 수 있을까.

"언젠가는 돌아가야 하니까 어쩔 수 없지. 미안해, 아카네. 둘이 사는데 방해해서."

아카네가 입술을 삐죽였다.

"나, 난 둘이서 살고 싶지 않지만! 이 짐승과 단둘이 있다니 너무 위험해서 편히 잘 수 없는걸!"

"나도 히마리가 있는 게 나아. 조련사 없이 드래곤과 함께 살다니, 목숨이 몇 개 있어도 부족해."

"드래곤이라니 누구를 말하는 거야?!"

"너 말야!"

서로 노려보는 두 사람을 바라보며 히마리는 키득키득 웃었다.

"두 사람은 정말 사이좋네."

"하나도 안 친해!" "전혀 안 친해!"

동시에 부정하는 아카네와 사이토.

"정말 좋아하는 두 사람과 함께 지낼 수 있어서 즐거웠어. ……잘 자."

히마리는 쓸쓸한 미소를 지으며 자신의 방으로 사라졌다.

수면등이 비추는 침실에서 아카네는 사이토와 마주한 채 잠자리에 들었다.

숙박 파티의 시끌벅적한 열기는 식고, 정수기의 희미한 기계음과 시트에 두 사람의 다리가 닿으며 스치는 소리만이 부드러운 밀실을 채우고 있다.

눈을 감고 있어도 잠이 오지 않는 아카네는 사이토 쪽으로 몸을 돌렸다.

"……사이토. 자?"

"아니."

사이토의 목소리에도 잠기운이 느껴지지 않았다.

이렇게 단둘이 대화하는 것은 오랜만인 것 같다. 그 시간이 손가락 사이로 흘러내리는 것이 안타까워 아카네는 사이토를 꿈 밖으로 불러냈다.

"너희 집은 어떤 느낌이었어?"

"어떤 느낌이냐니, 무슨 뜻이야?"

의아해하는 사이토.

"그러니까 어렸을 때 넌 어떤 아이였는지, 아버지나 어머니랑은 어떻게 지냈는지, 그런 거 말야."

"내 개인적인 이야기에 관심이 있어?"

직설적으로 묻자 아카네는 몸이 뜨거워지는 느낌이었다. 맞는 말이지만 곧바로 인정해 버리기엔 부끄러웠다.

"아니, 관심 없어! 네가 어디서 뭘 하든 내가 알 바도 아니고! 잠이 안 와서 심심하니까 들어주려는 것뿐이야!"

쑥스러움을 얼버무린 뒤, 늘 말이 지나쳤다면서 후회한다.

자신은 늘 이렇다. 히마리나 마호를 상대로는 솔직하게 호감을 전할 수 있는데 어째서인지 사이토에게만은 잘 안 되었다.

"관심이 없다면 말할 필요도 없겠지."

"하, 하지만…… 나는……."

너에 대해 알고 싶어.

그 한마디가 도저히 입 밖으로 나오지 않았다.

"별로 재미있는 이야기도 아냐. 시간 낭비야."

사이토는 아카네에게서 등을 돌렸다.

히마리에서 만들어진 것과 같은 부드러운 거절의 벽. 아카네가 다가가고 싶어도 사이토의 진짜 모습은 멀리 떨어져 있다.

——히마리였다면…… 알려줬을 거야……?

말 없는 사이토의 등에 아카네는 속으로 중얼거렸다.

어릴 때부터 사이토와 함께 지낸 시세이라면 사이토의 정보를 많이 알고 있지 않을까. 아카네는 그렇게 생각하고 시세이가 혼자가 될 타이밍을 엿봤지만, 쉽사리 기회가 오지 않았다.

기본적으로 학교에서 시세이는 사이토에게 늘 달라붙어 있었고, 사이토가 없을 때는 시세이의 팬인 여자들에게 둘러싸여 있었다. 히마리만큼이나, 아니 어쩌면 히마리 이상으로 시세이는 인기인이었다.

애가 닳은 아카네는 강경 수단을 쓰기로 했다.

즉 유괴다.

안뜰 벤치에서 한가롭게 독서하는 사이토와 그 옆에서 뒹굴뒹굴하고 있는 시세이. 아무 경계심 없이 평화로운 한때를 보내는 두 사람의 등 뒤로 아카네는 발소리를 지우고 살금살금 다가갔다.

벤치 뒤로 손을 뻗어 재빨리 시세이의 몸을 끌어안았다.

"오……."

시세이가 도움을 청하려고 했지만 이미 늦었다. 아카네가 미리 준비해 둔 수제 마들렌을 입에 넣어주니 시세이의 몸에서 힘이 빠졌다. 갑작스러운 공격에도 시세이는 저항하지 않고 오물오물 마들렌을 먹는 생물로 변화했다. 시세이의 약점에 대해서는 이미 공략이 끝난 상태다.

아카네는 시세이를 근처 덤불로 데리고 들어갔다.

"시세이 씨. 부탁이 좀 있어."

"우물…… 마들렌…… 우물……."

아직 먹는 중임에도 시세이는 욕심껏 손을 내밀었다.

"보수는 잔뜩 준비해뒀어."

"그럼 뭐든지 얘기할게. 뭘 알고 싶어? 호조 그룹 금고 비밀번호? 극비리에 개발하고 있는 생물 무기 유전자 지도?"

"그런 끔찍한 건 알고 싶지 않아!"

아카네가 몸서리쳤다.

너무 많이 알게 되어 호조 그룹에 처리당하는 미래는 피하고 싶었다. 결혼한 시점에서 호조 그룹의 가족이기는 하지만.

"그럼 뭐야?"

고개를 갸우뚱하는 시세이.

아카네는 손끝을 맞대고 수치심에 몸을 비틀며 말했다.

"저, 저기…… 말야. 사이토에 대해서 자세히 알려줄 수 있을까?"

"오빠의 내장 단면도를 달라는 거야?"

"아냐! 사이토의 가족에 대해서나, 어렸을 때의 일 같은 걸 듣고 싶어."

"과연. 아카네가 오빠에 대해 알려고 해줘서 기뻐."

시세이가 아카네에게서 추가 마들렌을 받아들고 덥석 물었다. 소비 속도가 예상을 훨씬 웃돌고 있어 아카네는 보수 수량이 충분할지 걱정했다.

"기쁘다니, 왜?"

"오빠한테 관심 없는 사람이랑 평생 함께 있으면 오빠가

불쌍해. 오빠랑 결혼한 이상 아카네는 오빠를 행복하게 해줄 책임이 있어."

"행복하게 해줄 책임……."

생각해 본 적도 없었다. 앙숙인 반 친구와 강제로 결혼하게 되어 서로의 불편함을 필사적으로 조정하는 것만으로도 벅찼으니까.

하지만 그러한 것도 제대로 생각해나가야 했다. 실제로 사이토는 예전에 아카네의 행복을 바란다고 말해줬었다. 적당해 보이지만 그 남자는 진지하게 아카네와 마주 보고 있었다.

"오빠의 나쁜 이야기와 멋진 이야기 중 어느 쪽이 듣고 싶어?"

"나쁜 이야기 쪽?"

멋진 이야기를 들어버리면 사이토를 냉정하게 대하기 더 어려울 것 같았다. 그렇지 않아도 사이토에 대한 호감을 자각한 뒤로 우리 집은 삐걱거리고 있다.

시세이가 풀 위에 다리를 뻗고 말을 꺼내기 시작했다.

"옛날옛날 천지개벽의 시대, 어느 마을에 오빠가 살았습니다."

"그렇게 오래전부터 있었어?!"

천지개벽이라면 요컨대 세상의 시작이다. 같은 고등학교 3학년인 줄로만 알았던 아카네는 화들짝 놀랐다.

"옛날부터 오빠는 시세네 집에 밥을 먹으러 오기도 하고, 할아버지가 오빠를 고급 요정에 데려가기도 했었어. 그러던 어느 날, 시세가 아버지 나라에 귀성하느라 잠시 집을 비우고, 할아버지도 일이 바빠져서 오빠를 돌봐주지 못한 적이 있어."

대략적인 상황을 파악한 아카네.

"시세이 씨가 돌아왔더니 사이토가 영양실조로 쓰러져 있었던 거야?"

"쓰러지진 않았어. 오빠는 설탕을 수십 킬로그램이나 사재기해두고 매일 먹고 있었어. 『이거 봐, 시세. 칼로리를 섭취하는 것뿐이라면 이게 가장 효율적이야』라고 말하며 자랑스럽게 웃는 오빠는 처량할 정도로 말라 있었어."

"나쁜 이야기가 아니라 무서운 이야기잖아!"

아카네는 등골이 서늘해졌다.

"시세 엄마가 영양을 더 섭취해야 한다고 설교했고, 그 후 오빠가 설탕을 식사 대용으로 삼는 일은 없어졌어."

"그 녀석, 왜 그렇게 음식에 무관심한지 모르겠어……. 채소 주스나 컵라면, 프로틴 같은 거나 엄청 좋아하고……."

"좋아하는 게 아니야. 오빠 부모님은 제대로 된 식사를 준비해 준 적이 없으니까 오빠도 평범한 식사를 하는 습관이 거의 없어."

"그건……."

처음 사이토에게 손수 만든 요리를 대접했을 때의 일이 떠올랐다.

그때 사이토에게 '평범하다'라는 평을 듣고 아카네는 그만 화를 내 버렸지만, 어쩌면 사이토는 요리를 비판할 생각은 없었던 것이 아닐까. 평범이라는 말에는 사이토에게 특별한 의미가 있는 게 아닐까.

"……사이토의 부모님은 어떤 사람들이야?"

아카네가 묻자 시세이의 미간에 주름이 잡혔다. 아주 작은 변화였지만, 드물게 표정이 변화했다. 표정보다 더한 증오가 시세이의 몸에서 배어 나왔다.

"평범한 인간. 추악한 인간. 질투에 사로잡힌 인간. 그런 생물은 부모가 아니야. 시세는 인정하지 않아. 오빠가 허락해준다면 언제든지 처분할 수 있어."

"그, 그래……."

섬뜩한 아카네.

평소에는 감정이 보이지 않는 귀엽기만 한 소녀지만, 시세이의 안에는 무섭도록 짙고 강렬한 감정이 소용돌이치고 있는지도 모른다. 쉽게 드러내지 않으니 더욱 깊고 단단하게 느껴졌다.

"시세는 아카네에게 기대하고 있어. 오빠에게 '집'을 줄 수 있는 건 시세도 엄마도 할아버지도 아닌 아카네일지도 몰라."

"무슨 뜻이야……?"

아카네의 의문에 시세이는 답하려 하지 않았다.

"만약 주지 못하면 아카네는 실격. 오빠 곁에 있어야 할 인간으로서 시세는 인정하지 않아. 그렇게 되면 오빠는 돌려받을 거야."

정면으로 아카네를 바라보는 시세이는 작은 체구에 어울리지 않는 엄청난 위압감을 풍기고 있었다.

누구의 의사에도 휘둘리지 않는, 타고난 여왕의 위엄. 사이토와 마찬가지로 이 소녀는 남 위에 군림하는 데 익숙한 제왕이었다.

"시세? 어디 있어?"

그녀를 찾는 사이토의 목소리가 들리고 시세이가 덤불에서 튀어 나갔다. 아카네도 뒤를 따라갔다.

"너희들 뭐 하는 거야? 그런 데서."

사이토가 의아해했다.

"아카네가 오빠의 이야기를……."

곧바로 불려고 하는 시세이를 아카네가 황급히 가로막았다.

"아무것도 안 했어! 잠깐 둘이서 가위바위보를 한 것뿐이야!"

"가위바위보를 좋아해……?"

"좋아하진 않지만! 요즘 여고생들 사이에서는 가위바위

보가 대유행 중이야! 틈만 나면 가위바위보를 하고 있어!"

"여자란 의미불명이네……."

안심하길, 아카네도 본인이 무슨 말을 하는지 알지 못했다. 사이토에 대해 알고 싶어 시세이에게 탐문을 했다니, 그런 부끄러운 일을 자백할 바에야 괴짜 취급을 받는 편이 나았다.

세 사람이 교실 쪽으로 돌아가는데 복도 건너편에서 담임 교사가 찾아왔다.

"너희들 이시쿠라랑 사이 좋았지?"

담임이 말을 걸자 아카네가 멈춰 섰다.

"히마리한테 무슨 일 있나요?"

"그저께부터 이시쿠라가 학교를 쉬고 있잖아. 첫날은 이시쿠라한테 병결 연락이 왔는데 그 이후로는 아무 연락이 없어서."

히마리는 무단결석하는 타입이 아닌데.

"부모님께 전화는요?"

"해봤는데 일하는 중인지 연결이 안 돼서. 너희들이라면 사정을 알고 있을 줄 알았는데……."

담임은 아카네 일행의 얼굴을 둘러보았다.

"저는 못 들었어요."

"저도."

"시세도 몰라."

아카네 일행은 고개를 저었다.

"그렇구나……. 뭔가 알게 되면 알려주렴."

담임이 떠나갔다.

히마리가 아무에게도 연락하지 않고 결석했다는 말에 아카네는 불안해졌다. 그녀가 아카네의 집을 떠난 것이 사흘 전. 그다음 날부터 히마리는 학교에 모습을 보이지 않고 있었다.

"히마리, 무슨 일일까……."

"아카네가 전화해 보면 되지 않을까?"

"전화 연결이 안 돼. 메시지도 보내봤는데, 그저께부터 읽지도 않아……."

"그건 좀 이상하네……. 나도 보내볼게."

따지고 보면 아카네의 집에서 지낸 마지막 날 밤부터 히마리의 모습은 이상했다. 묘하게 쓸쓸하고, 어딘가 사라져버릴 것 같은 덧없는 분위기를 풍기고 있었다.

——히마리, 뭘 하고 있을까…….

스마트폰을 조작하는 사이토를 바라보며 아카네는 심장이 술렁거리는 것을 느꼈다.

귀가한 사이토가 현관문을 열자 히마리의 부모로 보이는 남자와 리에코가 서 있었다.

흠칫 놀라는 사이토.

현관에서 응대하던 아카네도 새파랗게 질린 채 손을 흔들어 사이토를 쫓으려 했다.

동거한다는 사실이 알려지면 큰 문제였지만, 이제 와서 떠난다 해도 늦었다.

"넌 분명…… 우리 집에 놀러 왔었던……."

리에코가 인상을 찌푸렸다.

사이토는 포기하고 자기소개를 했다.

"같은 반의 호조 사이토입니다. 그때는 놀이가 아니라 공부를 하러 갔던 거고요. 오늘은 아카네의 집에서 공부 모임을 가질 예정이었는데…… 여긴 무슨 일이죠?"

사이토가 묻자 남자가 인상을 찡그렸다.

"히마리가 아직도 집에 안 들어와서 데려가려고 왔다. 사쿠라모리 씨 집에 머물고 있다는 건 알고 있었으니까."

"네?! 히마리가 아직 안 돌아왔어요?!"

아카네가 눈을 부릅떴다.

"그래서 데리러 온 거잖아. 히마리는?"

"3일 전에 우리 집에서 나갔는데…… 본인 집에 간다면서…… 계속 학교도 쉬고 있고……."

리에코가 머리를 싸맸다.

"즉, 학교도 빼먹고 거리를 배회하고 있다는 뜻이구나. 말썽만 부리고, 정말 그 녀석을 어쩌면 좋을지."

그렇게 말하는 건 좀 아니지 않나. 사이토는 위화감을

느꼈다.

피는 이어지지 않았더라도 보호자라면 히마리의 몸을 먼저 걱정해야 하는 것 아닌가. 사이토에게 부모 대신인 이모는 늘 사이토를 걱정해주는데.

"히마리는 어디 있는 걸까."

"아카네는 짚이는 곳 없어?"

사이토의 의문에 아카네는 시선을 떨궜다.

"히마리는 남에게 거의 의지하지 않아. 만약 의지한다면 아르바이트하는 카페 정도일까."

리에코가 어깨를 으쓱했다.

"그쪽은 벌써 전화해봤어. 아르바이트는 일주일 정도 쉬고 있는 것 같던데."

"다른 곳은 생각이 안 나요……"

절친인 아카네가 모른다면 방법이 없었다. 무수히 많은 인터넷 카페를 돌며 부스를 하나씩 살펴본다 해도 히마리를 찾기는 힘들 것이다. 애초에 이 근처에 있을지도 확실치 않다.

히마리의 아버지가 중얼거렸다.

"거처라면…… 짐작 가는 곳이 있어."

"어디요?"

"내가 아직 리에코와 만나기 전, 히마리 엄마와 함께 살았던 거리야. 무덤도 거기 있어. 오늘은 그녀의 기일이니까."

"그럼 지금 당장 그 거리에 데리러……."

"안 돼. 난 그 거리에 갈 수 없다."

사이토의 말에 히마리의 아버지가 고개를 저었다.

"어째서요?"

"리에코와 함께 지내게 됐을 때, 나는 과거를 되돌아보는 걸 그만뒀다. 우리는 새로운 가족으로서 앞으로 나아가고 있어. 모두가 행복하려면 언제까지나 과거의 인간에게 사로잡혀 있어선 안 돼. 나도, 히마리도 말이지."

"그건…… 좀 아니잖아."

사이토는 강한 분노를 느꼈다.

히마리의 아버지가 하는 말을 이해할 수 없는 것은 아니다. 계속 다른 여성의 그림자가 집에 드리워 있으면 리에코는 편히 숨을 쉴 수 없을 것이다. 산 사람은 죽은 사람을 이길 수 없다.

하지만.

"히마리는…… 애도하는 것조차 허락받을 수 없는 겁니까?"

"뭐?"

아버지가 의아한 표정을 지었다.

"미래를 보고 싶다는 건 당신들 소원이겠죠. 하지만 과거에 머물고 싶은 사람도 있어요. 히마리에게 있어 돌아가신 어머니는 쉽게 잊혀질 상대가 아니라고요."

"히마리는 이미 잊었어. 지난 10년 동안 히마리가 친엄마 얘길 꺼낸 적은 한 번도 없었다."

"그건 히마리의 상냥함이겠죠. 잊은 척하면 모든 게 원만해지니까. 진짜 히마리는 그 누구보다 어머니와의 추억을 간직하고 있어요. 학교에서 아무리 괴롭힘을 당해도 그 머리를 포기하지 않았을 정도로."

사이토가 리에코를 바라보았다.

"왜 히마리가 집을 뛰쳐나갔는지 알아요? 히마리는 당신한테 외모를 지적받고, 더는 추억을 지킬 수 없다면서 포기하려 했어요. 엄마가 물려준 머리를 까맣게 염색하면서까지 당신에게 인정받으려고 했다고요."

"난 염색하라고 말한 적 없어. 경박하게 입고 다니지 말라고 혼냈을 뿐이야."

"히마리의 차림은 일본에서 금발이 눈에 띄지 않게 하려는 조치였어요. 그건 알고 계셨습니까?"

히마리의 부모는 멍한 얼굴이었다.

그들은 아무것도 모른다. 알려고 하지도 않았다.

"앞으로 나아가는 속도는 사람마다 달라요. 부모라면 아이의 속도 정도는 맞춰줘야죠. 히마리를 내치지 마세요. 당신들은…… 이렇게 찾아올 정도로는 히마리를 생각하는 것 같으니까."

사이토의 부모님과는 다르게.

만약 사이토가 잠적한다고 해도 부모님은 눈치채지도 못할 것이다. 깨닫는다면 환호하겠지. 그 두 사람에게 사이토는 거슬리는 이물질이다.

"히마리가 그런 마음을 전혀 이야기해 주지 않은 게 잘못이지."

"그 녀석은 겁에 질려 있어요. 섣불리 속마음을 털어놨다가 상대방을 화나게 하면 집에서 쫓겨날지도 모른다면서. 자기는 달리 설 자리가 없으니까."

아버지가 당황했다.

"그럴 리가…… 내가 히마리를 쫓아낼 리가 없잖아. 그애는 내 딸이야."

"나한테도 딸이야. 생판 남에게 그런 쓴소리는 안 해."

"그럼 그걸 제대로 행동으로 보여 주세요. 그 녀석의 쓸쓸한 눈동자를 전 더 이상 보고 싶지 않습니다."

사이토는 기도하는 심정으로 간청했다.

히마리의 부모가 떠나고 현관에는 아카네와 사이토만이 남겨졌다.

사이토는 닫힌 문 끝을 노려보듯 주먹을 불끈 쥐고 있다. 사이토의 이런 진지한 얼굴을 본 것은 얼마 만일까.

아카네가 모르는 히마리를 사이토는 알고 있었다. 히마리가 안고 있는 고독, 끌어안고 있는 고통을.

아카네는 히마리의 절친인데, 아주 어렸을 때부터 히마리 곁에 있었는데 사이토가 보는 히마리의 일부조차 보지 못했다.

그건 사이토와 히마리가 비슷한 사람이라서.

둘이 같은 상처를 갖고 있으니까. 아카네가 비집고 들어갈 틈이 없을 만큼.

그 사실이 가슴이 아팠다.

"히마리를 데리러 가자."

사이토가 아카네 쪽을 돌아보았다.

그가 그렇게 말할 것이라고 아카네는 예상했다. 오만하고 담담한 것처럼 보이지만 그는 슬플 정도로 다정한 사람이다. 그 정도는 함께 살다 보면 알 수 있다.

"나는…… 됐어. 사이토 혼자 다녀와."

"왜? 히마리의 절친은 너잖아. 나만 가도 소용없어."

아카네의 손을 잡으려고 사이토가 손을 뻗어왔다.

그의 손을 다시 잡고 싶다. 아무 생각 없이 그저 충동대로 그 체온을 피부로 느끼고 싶다. 하지만 지금은 아카네 이상으로 그를 필요로 하는 사람이 있다.

"나로는 히마리의 상처를 메울 수 없으니까."

사이토의 손을 아카네는 고개를 숙이며 밀쳤다.

히마리의 고통을 알아주지 못한 자신은 절친 실격이다. 그렇다면 히마리가 필요로 하는 것을 내주는 것이 아카네의 책임이었다.

"미안해…… 히마리."

사이토가 사라진 혼자만의 집에서 아카네는 중얼거렸다.

덧없이 사라지는 소리가 귓가에 울려 퍼졌다. 불빛을 받은 창문으로 새어 들어오는 햇빛에는 손이 닿지 않는다. 영혼이 얼어붙을 것 같은 오싹한 냉기가 새집에서 고요하게 다가왔다.

떠오르는 건 어릴 적 기억.

마호의 간병과 일로 바쁜 부모를 아카네는 되도록 귀찮게 하지 않으려고 했다. 수업 참관을 와달라고 한 적도, 놀러 가자고 한 적도, 갖고 싶은 것을 조른 적도 없었다. 학부모 참여 행사 공지사항은 부모님 몰래 찢어 버렸다.

『나는 됐으니까 마호한테 가줘.』

그것이 아카네의 입버릇이었다. 돈도 시간도 없이 필사적으로 발버둥 치는 부모님께 고집을 부려 말해 부담을 주고 싶지 않았다.

그런 아카네를 부모님은 칭찬해 주셨다.

『아카네는 손도 안 가고 정말 착한 아이구나.』

말도 잘 알아듣고 성적도 좋고 가족을 배려해주는 착한 아이라고.

사실은 고집을 부리고 싶은데.

하지만 아카네가 자신의 마음을 속이고 착한 아이로 있

으면 모두가 행복할 수 있었다. 부모는 조금이라도 휴식 시간을 얻을 수 있었고, 마호는 부모의 사랑을 얻을 수 있었다.

정말 소중한 속마음을 털어놓을 수 없게 된 것은 분명 그때부터였다.

상처받은 사람을 무시하면서까지 자신의 소원을 강요할 수는 없었다.

"……나만 참으면 되니까."

어두컴컴한 침실에서 아카네는 얼굴을 베개에 파묻었다.

그 거리에는 바닷바람이 불고 있었다.

산에 안긴 채 바다를 향하고 있는 묘지. 눈이 시리도록 푸른 하늘 아래 다듬어진 돌들이 가지런히 늘어서 있다. 살아 있을 때는 무질서한 소란으로 넘쳐났던 사람들도 이제는 고요 속에 잠들어 있다.

서양식으로 된 하얀 묘석 앞에 히마리가 주저앉아 있었다. 기댈 곳 없이 무릎을 끌어안고 고요한 얼굴로 묘석을 바라보고 있다. 그녀의 눈동자에 빛은 없었다.

사이토가 옆에 서자 히마리는 그제야 사이토를 알아차렸다.

"어째서…… 사이토 군이 여기에 있어?"

"지나가던 길일 뿐이야."

사이토가 자신 있게 말했다.

"……그렇구나. 우연이네."

히마리가 힘없이 웃었다. 사이토에게서 도망치려고 하진 않았지만 그렇다고 사이토를 보려고도 하지 않았다. 도대체 그녀는 얼마나 오랫동안 여기에 있었을까.

"넌 왜 부모님을 조종하지 않아?"

"어……?"

"반 아이들을 조종할 수 있는 너라면 부모님 마음도 쉽게 조종할 수 있을 거 아냐. 엇갈렸다고 뛰쳐나가다니. 그런 서투른 짓, 너답지 않아."

"그건……."

히마리는 대답을 망설였다.

"조종해도 상관없는, 아무래도 좋은 상대라고 생각하지 않기 때문이지. 그래서 잘되지 않는 거야. 거짓말로 점철된 말로 그 녀석들을 만족시킬 수 없는 거지."

싸움은 상대방을 인간으로 인정하지 않으면 생겨나지 않는다. 사랑해 주길 바라는 마음이 없으면 미워할 일도 없다.

"사이토 군은 역시 대단하네. 그런 것까지 간파하다니."

"우연이야. 적당히 말한 건데 맞았나 보네."

알고 싶지는 않았다. 알아버리면 가슴이 답답해질 테니까.

"그래. 아빠도 리에코 씨도, 전혀 상관없는 존재가 아니야. 두 사람을 싫어하지 않아. 같이 웃고 싶다는 생각도 해. 하지만…… 싫어."

히마리가 무릎을 꽉 껴안았다.

어디서나 눈길을 끄는 황금색 머리가 바닷바람에 휘날렸다. 홀로 흔들리는 소녀의 영혼 옆에 사이토는 앉았다. 시야가 묘석에 둘러싸이자 마치 자신이 죽은 것 같은 정적이 느껴졌다.

"……가장 괴로웠던 건 아빠랑 둘이서 성묘를 가지 못하게 된 거야."

히마리가 중얼거렸다.

"나 말이야…… 사실은 아빠가 계속 슬퍼했으면 했어. 그런 건 잔인하다는 걸 알지만 앞으로 나아가지 않길 바랐어."

"……그래."

"왜냐면 엄마는 여기 있는걸. 우리는 아무것도 변하지 않아. 셋이서 계속, 계속 이곳에서 살고 싶었어."

목구멍에서 쥐어짜듯 그녀가 말했다.

변하지 않는 것이 없다는 것은 히마리도 알고 있었다. 하지만 감정을 갑자기 바꿀 수는 없다. 특히 그것이 마주하는 것조차 허락되지 않았던 감정이라면.

"리에코 씨가 나쁜 사람이 아니라는 건 알아. 아빠가 선택한 사람이니까. 하지만 우리 엄마는 한 명뿐이야."

히마리가 입술을 깨물었다.

아무도 함께 오지 않는 성묘에 사이토가 왔다. 히마리 옆에서 손을 모으고 눈을 감았다. 조금이라도 그녀의 슬픔에 다가설 수 있기를 바라면서.

나무들의 잎사귀 소리, 해 질 녘의 서늘한 기운. 히마리가 떨고 있는 것이 안 봐도 전해져 왔다. 그녀의 고독이 사이토의 고독과 공명했다.

"미안…… 잠깐만 빌려도 될까?"

사이토의 품에 히마리가 매달렸다.

흐느끼는 소리를 들으면서 사이토는 그녀를 껴안았다.

아직 히마리의 마음을 온전히 받아들일 수는 없었지만, 적어도 그 마음을 달래주고 싶었다. 자신이 지지하여 그녀가 쓰러지지 않을 수 있다면.

이윽고 하늘이 주황빛으로 물들기 시작했다. 아름다운 묘지에도 칠흑 같은 그림자가 드리워졌다.

울다 지쳤는지 히마리는 힘없이 땅바닥에 주저앉아 있었다. 얇은 옷을 입은 그녀는 추운 듯 팔을 껴안고 있다.

"슬슬 돌아갈까?"

"음…… 미안해. 보기 흉한 모습을 보였네."

히마리는 사이토의 손에 이끌려 일어섰다. 눈은 새빨갛게 부어 있고, 평소 완벽하게 쓰고 있던 가면은 어디에도 없다.

"흉하지 않아. 나는 맨얼굴 쪽이 더 좋아."

"이래 봬도 아직 쓰고 있는 거야, 나."

"그래?"

"여자는 좋아하는 사람에게 민낯 따위는 절대 안 보여주거든."

히마리가 혀를 쏙 내밀었다.

가벼운 농담을 할 수 있을 정도로는 힘이 난 걸까 하고 사이토는 생각했다. 히마리의 장난스러운 모습을 보자 조금 안심이 됐다.

밤기운에 쫓기듯 두 사람은 묘지 출구를 향해 언덕길을 올라갔다.

"아......."

놀라서 멈춰서는 히마리.

히마리의 아버지와 리에코가 꽃을 안고 주차장 쪽에서 걸어오고 있었다.

"거짓말....... 재혼하고 나서는 한 번도 와준 적이 없었는데......."

믿을 수 없다는 듯 히마리가 중얼거린다.

"저 녀석들도 우연히 들린 거겠지. 마침 잘됐으니 같이 성묘하고 와."

"어......? 하지만......."

망설이는 히마리. 도망치기만 하던 상대와 거리를 잡기 어려운 것일까. 낯을 가리는 아이처럼 불안한 눈으로 사이토를 바라보았다.

"난 여기서 기다리고 있을게. 내친김에 불평도 좀 하고."

사이토는 히마리의 등을 밀었다.

해변 거리에서 좋은 분위기가 됐다거나?!

설마 그대로 외박…?!

사이토랑 히마리, 지금쯤 뭐 하고 있을까.

안절

부절

사이토!

헉

당—동

달

칵

어서 와…?

네코오카 야마토

어서 와!

불

안!

차창의 어둠을 바라보며 사이토와 히마리는 전차에 몸을 실었다.

두 사람 외에 승객은 없다. 맑고 새하얀 빛이 천장을 비추고 있다.

잡다하게 붙어 있는 포스터. 벽에 스며든 냄새. 선로 이음매를 지날 때마다 히마리의 어깨가 사이토를 건드렸다.

"부모님 차로 돌아가지 않아도 괜찮았어? 전철보다 편했을 텐데."

"응, 좁은 차 안에서는 숨이 막혀. 갑자기는 무리니까."

어딘가 툴툴대며 말하는 히마리지만 그 표정에 그늘은 없었다. 생기를 잃었던 눈동자도 제대로 세상을 응시하고 있었다. 그녀는 제대로 이곳에 있다.

"두 사람이랑 이것저것 얘기했어. 불평도 잔뜩 해서 좀 개운해."

"다행이네."

히마리는 양손 끝을 맞대고 말했다.

"아빠와 리에코 씨, 내 마음을 더 알고 싶다고 말해줬어. 사이토 군의 설교를 듣고 반성했대. 거의 만난 적도 없는 어른에게 설교하다니, 사이토도 막무가내네."

"미안. 화가 나서 그만."

옛날의 사이토라면 귀찮다는 이유로 대충 흘려넘겼을

텐데. 논리에 맞지 않는 상대에게는 가차 없이 싸움을 거는 아카네에게 어느새 물이 든 것일까.

"나…… 역시 사이토 군을 좋아해."

히마리가 사이토에게 몸을 기대왔다.

그 드러난 팔이, 석양의 열을 받은 피부가 뜨겁게 달아올라 있었다. 히마리는 사이토의 손을 끌어당기려다 이내 물러났다.

"나한테 와서 아카네가 화내지 않았어?"

사이토는 고개를 갸우뚱했다.

"왜 아카네가 화를 내?"

"글쎄, 왜일까."

히마리의 수수께끼 같은 미소가 대답할 생각이 없다고 말하고 있었다.

부드러운 성격이지만 이 소녀가 결정한 것을 움직이는 것은 산을 움직이는 것만큼이나 어렵다. 히마리 안에는 그 누구도 침범할 수 없는 강철이 있다.

사이토가 한숨을 내쉬었다.

"혼자 다녀오라고 아카네가 그랬어."

"그렇구나……. 아카네는 강하네. 나와는 달리."

히마리는 동경하듯 말했다.

집에 도착했을 때는 저녁 식사 시간도 이미 지나 있었다.

사이토가 주머니에서 열쇠를 꺼내 현관문을 열려는데

안쪽에서 문이 힘차게 열린 탓에 얼굴을 박고 말았다.

현관에서 뛰쳐나온 것은 아카네였다.

"뭐야 이 트랩은…… 나를 향한 제재냐?!"

사이토가 아픈 콧대를 누르며 항의했다.

"아, 아냐……! 사이토가 돌아왔다는 생각에 나도 모르게……."

"나도 모르게 코뼈를 부수러 온 거야?! 악질적이야!"

"그러니까 아니라고 했잖아~!"

발을 동동 구르는 아카네.

히마리가 걸어 나와 고개를 숙였다.

"미안해, 아카네. 나 때문에 외롭게 해버려서."

"외, 외롭지 않거든! 시끄러운 사이토가 없으면 공부도 잘되니까 오히려 살았어!"

"아아, 그러셔? 그럼 나도 일주일 정도 방랑하다가 올까!"

"넌 무리야! 먹이도 못 찾다가 길바닥에서 쓰러져 죽을 게 뻔해!"

"니가 개냐!"

"너는 개야!"

아카네가 사이토를 노려보았다.

시끄러운 것은 본인이 아니라 아카네가 아닌가. 사이토는 어이가 없었다.

하지만 이 소란스러움은 싫지 않았다. 거리낌 없는 말을 주고받다 보니 집에 돌아왔다는 실감이 나서 왠지 안심감이 들었다.

아카네는 팔짱을 끼고 히마리를 바라보았다.

"히마리도 너무 걱정시키지 마. 메시지를 읽지도 않으면 무슨 일인가 하고 걱정하잖아."

"미안, 미안. 좀 바빴거든."

"학교도 꼭 오고. 히마리가 없으면 재미없으니까."

"내가 없어서 외로웠어?"

"다, 당연하지."

수줍어하면서도 인정하는 아카네. 사이토가 없는 것은 환영하더니, 그 태도의 차이는 어디서 오는 걸까 하고 사이토는 서글퍼졌다.

"고마워. 사이토 군을 빌려줘서."

히마리가 사이토의 손을 잡아 아카네 쪽으로 다가갔다.

"사이토 군을 아카네에게 돌려줄게. 또 무슨 일이 생기면 빌려달라고 할지도 모르지만."

"무슨 일이라니 뭐야……."

아카네는 경계하듯 눈썹을 치켜세웠다.

"글쎄…… 내년, 또 같은 날에."

희미하게 별이 드리운 어둠 속 하늘을 히마리가 바라보았다.

일요일 거실, 사이토가 책을 읽고 있다.

오랜만에 보내는 두 사람의 시간이 기뻐 아카네는 옆에서 참고서를 펼쳤다.

공부에 집중해야겠다고 생각하면서도 저도 모르게 사이토의 얼굴을 들여다보게 된다. 자신은 언제부터 사이토만 신경 쓰게 되었을까.

아카네의 시선을 눈치챘는지 사이토가 아카네를 바라보았다.

"휴일인데 공부라니. 친구들이랑 안 놀아?"

"히마리는 아버지랑 리에코 씨랑 쇼핑몰에 가서 외식한대. 요즘은 부모님과도 잘 지내고 있는 것 같아."

"그 녀석에겐…… 확실히 생각해주는 부모님이 있구나."

남겨진 듯 중얼거리는 사이토를 보자 아카네는 가슴께가 조여오는 것을 느꼈다.

왜 사이토는 그렇게 쓸쓸한 표정을 짓는 것일까. 재능도, 재력도, 명성도, 모든 것을 겸비하고 있을 텐데.

왜 이 세상에서 아무것도 갖고 있지 않은 것처럼 굶주린 눈동자를 하는 걸까.

"저, 저기 있지……. 사이토?"

"왜?"

그에게 전하고 싶다. 자신의 감정을 조금이라도. 비록 좋아한다고 평생 말하지 못하더라도, 그가 혼자는 아니라는 것을 깨달았으면 좋겠다.

자기는 구제할 길이 없을 정도로 겁쟁이지만, 그래도.

아카네는 날뛰는 심장을 억누르고 필사적으로 심호흡하며 말을 쥐어짰다.

"사이토의 집은, 여기야."

"뭐……? 그야 그렇겠지. 나는 못 나가."

전달되지 않았다.

안타까워.

가까이 있는데 가까이 갈 수가 없다.

"고집부려도 된다고, 전에 말했지?"

"어? 어어."

"그럼, 너에 대해 더 이야기해줘. 무슨 생각을 하고 있는지, 뭘 느끼고 있는지, 뭘 괴로워하고 있는지. 가만히 있으면 몰라."

"나는…… 딱히 괴롭지 않아."

눈을 피해 도망치려는 사이토를 품에 꼭 껴안았다.

붉어진 자신의 얼굴을 보이기 싫어서.

쏟아진 말을, 이 멈출 수 없는 감정을 그가 알아줬으면 해서.

"나도 너를, 네 아픔을, 네 굴곡을 알고 싶어. 왜냐하면 우리는…… 부부니까."

아카네의 팔에 안긴 채 다정한 품에 감싸여 있는 것이 사이토는 현실처럼 느껴지지 않았다.

이런 짓을 하는 것은 아카네답지도 않다. 아카네는 훨씬 더 공격적이고 사이토를 너무 싫어해서 얼굴만 보면 악담을 퍼붓는 소녀인데.

그래도 기분이 좋았다.

지금까지 느껴본 적 없을 정도로 마음이 편안해지는 기분에 그녀의 가슴속으로 녹아내릴 것만 같았다.

어설프게 흘러나오는 말들이 몸속 깊이 파고들었다.

머릿속이 뜨거워지고 목구멍에서 치밀어오르며 타는 듯한 통증이 두 눈을 괴롭혔다.

뺨에 흘러내리는 그것을 아카네가 조심스레 손가락으로 훔쳤다.

"……나, 왜 울고 있는 거야?"

사이토가 멍하니 중얼거렸다.

후기

본인의 진짜 속마음을 아는 것은 어려운 일입니다.

이루어지길 포기한 소원을 눌러 죽이거나, 화를 내고 싶은데 화를 내지 못하거나, 세상의 시선을 신경 쓰며 속이다 보면 사람의 마음은 점점 모호해집니다.

이윽고 욕망은 사라지고 고통을 느낄 수조차 없게 되며 마음은 투명해집니다. 문제가 드러난다면 육체 쪽. 몸은 머리보다 더 솔직하니까요.

아기 때는 아무것도 참지 않고 솔직한 감정을 드러냈을 텐데. 어느새 사고와 상식에 의해 꽁꽁 묶이며 자신을 잃어버립니다. 선량한 로봇이 되도록 강요당하고 규칙의 바닷속에서 질식해 갑니다.

그렇기에, 다시 찾은 감정은 이토록 소중합니다.

이번 권에서는 비로소 자신의 소망을 알게 된 아카네가 그 소망과 잘 어우러지지 못해 몸부림칩니다. 관계의 변화에 당황하고 혼란스러워합니다.

앞서 자기 뜻을 밝힌 히마리와는 너무나 동떨어진 거리. 하지만 아직 자기 눈물의 의미조차 이해하지 못한 사이토보다는 앞서가고 있는지도 모릅니다.

이 책을 전달하기 위해 많은 분의 도움을 받았습니다.

담당 편집자 K님, N님, MF문고 J편집부 여러분. 쟁쟁

한 분들 속에서 이 작품도 여름 축제에 참여하게 되어 무척 영광입니다.

일러스트레이터 나루미 나나미 선생님. 낯선 감정에 흔들리는 아카네를 섬세하게 표현해주시고 모두에게 생생한 생명을 불어넣어 주셔서 감사합니다.

만화가이신 모스콘부 선생님. 자유자재의 묘사와 표정, 새로운 재미를 듬뿍 담은 만화의 생동감에 저 역시 한 사람의 독자로서 두근거리고 있습니다.

그리고 이 책을 손에 들어주신 독자 여러분. 이 어려운 시대에 6권이나 낼 수 있었던 것은 여러분의 응원 덕분입니다. 정말 감사합니다.

멈추지 못하고 변해가는 관계, 그들이 찾아갈 마음의 행방을 앞으로도 지켜봐 주시기 바랍니다.

폭염의 잔재 속 2022년 9월 4일

아마노 세이주

CLASS NO DAIKIRAI NA JOSHI TO KEKKONSURUKOTO NI NATTA. 6
©Amano Seiju 2022
First published in Japan in 2022 by KADOKAWA CORPORATION, Tokyo.
Korean translation rights arranged with KADOKAWA CORPORATION, Tokyo.

반에서 가장 싫어하는 여자애와 결혼하게 되었다. 6

2023년 06월 15일 1판 1쇄 발행

저 자	아마노 세이주
일 러 스 트	나루미 나나미
캐릭터원안	모스콘부
옮 긴 이	이소정
발 행 인	유재옥
본 부 장	조병권
편 집 1 팀	김준균 김혜연
편 집 2 팀	박차우 정영길 정지원 조찬희
편 집 3 팀	오준영 이소의 이해빈
편 집 4 팀	박소연 전태영
디 지 털	김지연 박상섭 윤희진
라이츠담당	김정미 맹미영 이윤서
미 술	김보라 박민솔
발 행 처	㈜소미미디어
인쇄제작처	㈜코리아피엔피
등 록	제2015-000008호
주 소	서울시 마포구 토정로222, 403호 (신수동, 한국출판콘텐츠센터)
판 매	㈜소미미디어
마 케 팅	박종욱 한민지
영 업	박수진 최원석 최정연
물 류	백철기 허석용
전 화	(02)567-3388, Fax (02)322-7665

ISBN 979-11-384-7929-5 04830
ISBN 979-11-384-0841-7 (세트)